백두산은 고산화원이다

1 빛으로 바람으로

高山花園

- 초판/2007년 5월 1일
- 개정판 1쇄/2007년 11월 15일
- 글·사진/안승일
- e-mail:5jang7b@naver.com
- 펴낸데/도서출판 지식서관
  등록/1990.11.21. 제96호
  경기도 고양시 덕양구 벽제동 564-4
  031-969-9311(대)
- e-mail:jisiksa@hanmail.net
- 사진제판/새빛그래픽(02-516-8166)
- 인쇄/조일문화인쇄사(02-461-5411)

- 표지제자/추사 김정희(집자)
- 디자인/종합기획 숨은길(02-2275-6543)
- 산행협력/(주)에코로바(02-829-1900)
- 촬영협력/안의호(86-135-0091-0144)

빛으로 바람으로 **고산화원**

찾아보기

이 작은 책은 산에 갈 적에 배낭에 넣어 가세요

당신들의 삶이 들꽃처럼 청명해지라고,
오그라든 당신들 가슴을 활짝 펴주고
푸른 하늘을 그리워하게 해주려고
나는 이 책을 만듭니다.

사진기 창을 들여다보며 했었던
이 생각 저 생각을 글로 쓰고 싶었습니다.
글도 제법이라는 칭찬은 바라지 않습니다.
그 잘난 사진에 누가 될까 걱정입니다.

당신들이 잠시 쉬어가는 산길에 피어난
어린 생명들에게 관심을 갖게 해주려고
나는 이 작은 책을 만듭니다.

2007년 4월 안승일

책 설계를 조금 바꾸어서 리모델링 했습니다

책 만들어 놓고 고산화원에 갔다가
한 달만에 잠시 다니러 와보니
재판을 박아야 한다고 했습니다.
너무 좋아서 잠도 잘 안 옵니다.

글도 좀 고치고 사진도 좀 바꾸고
새롭게 꽃단장도 했습니다.

유경선 교수님의 격려와
조병근 동무의 도움으로
일곱번째 도전은 헛되지 않았습니다.

고산화원이 나를 기다릴텐데
나, 빨리 산으로 돌아가야 합니다.

2007년 6월 안승일

이름 모르는 꽃 ▶ 김유성 동무 "혹시, 외래종 아닙니까?" 이영노 박사님 "아니야!"

2007년 5월 1일. 《고산화원》을 내고
열흘 후, 나는 중국 길림성 장춘공항에 내렸다.
차로 8시간 걸려 작은 마을 진장촌에 도착,
짐을 풀며 안의호 동무가 조심스레 말했다.
"못 보던 꽃이 있는데 민들레 비슷해요."
"야, 임마. 고산화원에 수천 종의 꽃이 있는데
처음 보는 꽃이 어디 한두 개뿐이겠냐?"

다음날, 산길을 세 시간쯤 달려 그들을 만났다.
고도계가 해발 1200m를 오르내리는 길녘에
당당하게 무리지어 핀 탐스런 꽃들.
그 낯선 꽃을 조심스럽게 사진찍으며 생각했다.
그래 내가 꽃을 알면 얼마나 알겠는가?
고작해야 사, 오백 가지 정도나 될까 말까?

내 평생을 쉬지 않고 산등으로 숲 속으로
꽃들을 찾아 날마다 헤매고 다닌다고 해도
한번도 만나 볼 수 없는 꽃들, 얼마나 많을까?

이름 모르는 꽃 ▶ 잠시만 기다려라. 이영노 박사님이 이름지어 주실 때까지.

한 달 후에 귀국, 이영노 박사님을 찾아뵈었다.
"이 사진 어디서 찍었는가? 처음 보는 꽃이네."
평생 들꽃 속에서 살아오신 분이 처음 보신다니,
박사님의 《한국식물도감》에는 197과 4,157종의
식물이 수록되어 있는데, 그 큰책에도 없는 꽃.

실물을 보고 싶어 하시는 박사님을 위해 DHL로
꽃이 공수되어 왔지만, 식물검역 문제로 반입금지!
그 대신에 세관으로부터 보기만 하도록 허락받았다.
"어서 가서 보자. 빨리 보고 싶어."
88세의 노학자님은 소년처럼 기뻐하신다.

인천공항으로 차를 몰며 나도 가슴이 뜨거워졌다.
그까짓 꽃 한 송이 때문이 아니다.
인생 전체를 꽃에 바치고도 지칠줄 모르는 저 열정.
알아 볼 수도 없이 말라버린 꽃을 어루만지는 저 마음.
꽃보다 아름다운, 산보다 높은, 들보다 넓은 저 거인.
아, 나도 저렇게 살 수 있으면 얼마나 좋을까.

천지 ▶ 잠시 후에 쏟아질 우박. 농작물 피해도 크겠지만 경우에 따라서는 보석일 수도 있다.

바위돌꽃 ▶ 별만큼 영롱하게 빛나는 영혼들

괭이눈 ▶ 내가 받은 하늘님의 크낙한 선물

북쪽에서 몰려온 시커먼구름떼가
어쩌면 이토록 눈이 부시게 빛나는
보석들을 꽃동네에 부어 놓고 갔을까.
밤처럼 검은 하늘에서 금방 내려온
별만큼 영롱하게 빛나는 영혼들이
먼저부터 땅 위에 살며 기다리던 키 작은
바위돌꽃 괭이눈들을 만나러 내려왔다.
천둥번개 치는 칠월의 高山花園에서
내가 받은 하늘님의 크낙한 선물이다.

그리고 잠시 후 아주 잠깐 동안 사진을
만들 수 있을 만큼의 햇살이 황홀하게
그 검은 검은 구름의 틈새를 비집고 내려왔다.
무대 조명처럼 사광선으로 쏟아져 내려왔다.
그리고는 다시 먹구름으로 덮여버렸다.

사진쟁이에게 빛은 구원이다.
하늘님이 보석만 주시고 필름을
노광시킬 빛을 내려주지 않으셨다면?
보석들로 꽃마저 덮어버리셨다면?

그렇다. 사진은
나 혼자의 힘으로만 되는 게 아니다.

좀처럼 만나기 어려운 장면이다.
우선 덤비지 말고 카메라를 설치한다.
노린재도 카메라도 모두 어색한 상견례.
조금 멀리 떨어져서 촬영을 시작한다.
그렇게 서로 눈치를 보면서 사람 냄새와
셔터소리에 익숙해지면 노린재는 조금쯤
마음을 열고 안심하는 눈치다.

그동안 서너 통의 필름을 소모했지만
이제부터 노린재와 점점 친해지면서
조금씩 조금씩 더 가까이 다가가면
매발톱꽃은 안정된 구도로 접어든다.
그러면 또 새롭게 사진을 찍기 시작한다.
네 마리 노린재가 서로 잘 어울려서
사랑스런 화면을 만들어 줄 때까지 그들의
움직임을 따라 또다시 필름은 돌아간다.
부로니판 6×4.5 카메라에 필름을 넣으면
서른 몇 장의 사진을 찍을 수 있다.
오늘은 이 한 장의 사진을 만들기 위해
광선의 변화와 곤충들의 몸놀림을 따라
두 시간 동안 다섯 통의 필름을 사용했다.
kodak E100 VS 220.

매발톱꽃/노린재 ▶ 노린재 네 마리가 사랑스런 화면을 만들어 줄 때까지

어? 엉겅퀴에 청개구리가 앉아있네.
잽싸게 카메라를 설치하는데, 깡충 —
바쁜 일이 있는지 두리번거리던 녀석이
어디론가 뛰어내려 가버렸다.

붙들어다 그 자리에 다시 올려놓는다.
슬슬 내 눈치를 보며 기어 올라간다.
그렇게 파인다 밖으로 달아나 버린다.
녀석 표정이 재미있어 짜증나지 않는다.

"임마, 가만히 좀 있어"
중국 개구리가 한국말 알아들을 리 없다.
풀잎 하나 뜯어 녀석의 코를 살살 간지른다.
머물러 이리 기웃 저리 기웃, 또 뛰려고.
이 때가 찬스다, 이, 얼, 싼, 치이즈 – 웃는다.

"나중에 사진 잘 나오면 한 장 보내줄게"
실컷 괴롭히고 나서 그냥 가기가 미안하니까
한국말로 사기치고 카메라를 접는다.
이제는 청개구리 동무가 나를 구경하고 있다.
외딴 숲에서 한동안 실갱이를 하다나니까
우리는 조금 친해진 것 같다.

엉겅퀴/청개구리 ▶ 이, 얼, 싼, 치이즈 —

찔레 꽃 ▶ "엄마 일 가는 길에 하얀 찔레꽃 엄마 엄마 부르며 따 먹었다오." 나도 어릴 적에 찔레순을 질러서 먹었던 기억이 있다.

찔레 열매/사마귀 ▶ 사랑과 죽음, 그리고 희생.

찔레 열매/사마귀 ▶ "지독한 년" 이라고 욕을 해대지 말자.

잘 알지도 못하면서
"지독한 년" 이라고 욕을 해대지 말자.
사마귀 암컷에게 말이다.

그녀는 교미 중에 우선 수컷의
대가리를 먹어 버린다. 대가리가 없는
수컷은 더욱 짜릿한 쾌감을 얻는다고 한다.
그것이 있을 때보다 더욱 더 감각적으로
행복한 성감을 느낄 수 있다는 것이다.

수컷은 암컷의 등 뒤에서 어깨죽지를
움켜쥐고 피한다면 射精 후에도
얼마든지 도망을 갈 수가 있겠지만
기꺼이 암컷에게 제몸을 내주는 것이다.
그것은 사랑하는 자식들을 위해서다.

그녀에게는 방금 진하게 사랑을 나누던
수컷을 먹어치울 수밖에 없는 이유가 있다.
며칠 후에는 제 몸의 체액으로 알집을 지어
수백 개의 사랑을 낳고는 먼저 보낸 수컷을
따라가야 하는 숭고한 그들의 사랑이야기.
순백의 찔레와 그 붉은 열매들은 알 것이다.

기생꽃 ▶ 황진이도 이렇게 기생스럽지는 못했으리라.

그녀가 • 풀섶에 숨어 • 나를 보며 묘하게 웃고 있었다 • 불가사의한 웃음 • 나중에 책을 뒤적이다가 • 그녀를 발견했다 • 기생꽃—

털쥐손이 ▶ 반짝, 반짝. 당신이 있어 숲은 빛난다.-반짝, 반짝.

바람이 • 뭐라고 속삭이며 지나가는 줄 알아요? • 당신이 예뻐 눈이 시리대요 • 당신이 너무 예뻐 눈이 시리대요 • 털쥐손이-

정치뫼네 아들 부창이 장개가는 날 입엇던 옷.
그옷 입고 그날 저녁 삼각산에 갔다.
내 동무 노치상이 문상 때도 등산화 신고
그 차림대로 갔지만 영안실 치상이 동무는
"바쁜데 어찌 왔냐? 못 보구 갈 줄 알았다."
그러지. 옷차림이 그게 뭐냐구 섭섭해 않는다.
또 그대로 입고 고산화원을 누비고 다닌다.

등산장비회사 에코로바의 조병근 동무가
"우리 매장에 가서 옷 좀 갖다 입으셔" 그런다.
동대문 매장에 가면 정우동이가 마구 싸준다.
잔뜩 얻어다가 이놈 저년 죄다 나누어 준다.

산에서 비바람 치면 고아텍스 생각도 나지만
엄마 장례식 때 입었던 검정 잠바로 그냥 참는다.
춥고 떨리지만 안 그런 체 하고 그냥 버틴다.
나는 자연이고 싶다. 야생이고 싶다.

에코로바 사장도 다 떨어진 바지 입고 다니니까
내가 그회사옷 안 입어도 미안하지 않다.
나는 자신있는 베스트드레서다.
김봉남씨보다 내가 옷은 더 잘 입는다.

싹둑바람꽃 ▶ 나도 당신처럼 야생이고 싶다

"공산오랑캐의 침략을 받아
자유의 인민들 피를 흘린다아 —."
우리 어린 시절 날마다 부르던 노래다.
그 공산당 오랑캐들을 빨갱이라 불렀다.
그래서 붉은색도, 빨갱이도 무서워 했다.

공부도 못하면서 축구만 잘 하면 뭘해 —.
사진도 모르면서 공이나 잘 차면 뭘해 —.
그런데 그 무식한 축구공이 큰일을 해냈다.
붉은 악마들이 레드컴플렉스를 날려버렸다.
그 빨갱이들이 빨갱이 공포증을 없앴다.

붉은색은 사랑, 정열, 환희, 적극성, 행운.
이렇게 좋은 의미를 갖는다. 청색 계열의
형광등은 사람의 마음을 차갑게 하고
붉은 계통의 백열등은 음식맛도 좋게 하고
사람과 사람 사이에 사랑을 느끼게 한다.
카렌다의 주말도 붉은색으로 행복하다.
달력숫자가 모두 빨갱이면 얼마나 신날까.

고산화원에 이보다 더 붉은 꽃은 없다.
하늘말나리, 너는 빨갱이, 정열의 꽃이다.

하늘말나리 ▶ 너는 빨갱이, 정열의 꽃이다.

산 날씨는 아무도 예측할 수가 없다.
변하기 쉽다. 그래서
여자의 마음과 같다고 했던가.

고산화원의 시월은 벌써 겨울의 시작이다.
그래도 아직은 이른, 겨울비가 찬 바람을
안고 내리더니 저물녘에 급하게 내려간
기온에 눈으로 변할 틈도 없었던지
그냥 인가목 열매를 얼리고 말았다.
고드름을 달아 버렸다. 기상이변이다.
높은 산에서는 가끔 있는 일이다.

날씨가 언제나 같아서
변할 줄 모르면 산은 산이 아니다.
언제나 한결같이 똑같은 표정의 여자
그날이 그날인 권태로움을 줄 수 있다.
가끔은 턱없는 변덕도 좀 부릴 줄 알고
아무것도 아닌 일에 좋아라 깡충 뛰고
별 것도 아닌 걸로 찔끔대기도 하고.
여자는 산 날씨를 좀 닮아도 좋을 것 같다.

변덕쟁이 여자 덕에 사진 한 장 찍었다.

인가목 열매 ▶ 높은 산에서는 가끔 있는 일이다.

흰인가목 ▶ 장미보다는 청량하고 맑다.

붉은인가목 ▶ 원예 화초들과는 빛깔조차 다르다.

붉은인가목. 흰인가목.
이들을 들장미라 불러도 좋을 것이다.
분류학적으로도 장미과에 속한다.

그래도 장미보다는 청량하고 맑다.
지나치게 호사스럽지도 않다.
억지로 꾸미려 하지 않아서 그렇다.
정원에서 화학비료와 농약에 찌들고.
겨울에는 싸매 주어야 견디는 연약한
원예 화초들과는 빛깔조차 다르다.

옮겨다 우리집 생울타리로 하면
덩굴장미 보다는 더 좋겠지만
나 혼자의 부질없는 욕심은 버리자.
산처녀 숲을 버리고 도시로 내려오면
금방 망가져 버릴게 분명 할테니까.
벌레 달려들어 뜯어먹고 병나게 할테니까.

깊은 산 속에 살아야 빛나는 꽃들을
사람들은 돈벌이가 좀 될 것 같으니까.
자꾸만 캐 내려오는데 걱정이다.
나는 그 꽃들에게 미안하다.

날개하늘나리/작은은점선표범나비 ▶ 작은 카메라 6×4.5가 고장나서 6×7로 찍었다.

자주꽃방망이/강도래 ▶ 아무때나 마구 하지 않는다.

수염패랭이꽃/노린재 ▶ 아무하고나 마구 하지 않는다.

나리꽃에서 표범나비가
잔치 잔치 벌렸네.
속잔치 벌렸네.

자주꽃방망이에서 강도래가
잔치 잔치 벌렸네.
속잔치 벌렸네.

수염패랭이에서 노린재가
잔치 잔치 벌렸네.
속잔치 벌렸네.

그들의 속잔치는 아름답다.
아무때나 마구 하지 않는다.
아무하고나 마구 하지 않는다.

속잔치는 돌이나 환갑잔치보다
더 축복받는 아름다운 잔치여야 한다.

속잔치.
대한민국에는 이런 예쁜 말 아직 없다.
조선 민주주의 인민공화국 인민들 은어다.

쌍동바람꽃 ▶ 이제 막 피어나려 할 때가 더 신비한 꽃

열심히 봉오리를
부풀려 올라가는 모습이
참으로 장하고 아름다웁다.

어느 날 산 너머로부터 찾아온
봄바람이 이들의 귓가를 스치고 가면
어디까지가 꿈 속이고 또
어디까지가 현실인지 알 수가 없다.
봄은 그렇게 싱그럽게 살아 움직인다.

아직 한 번도
벌나비들에게 마음을 주거나
꿀을 빼앗긴 적이 없는 봉오리들.

쌍동바람꽃, 분홍노루발풀.
활짝 피어났을 때 보다
이제 막 피어나려 할 때가
더 신비한 꽃들이다.

피어날 때에는 내가 보는 데에서
활짝 피어 함빡 웃어주면 참 좋겠다.
그러다 나 안 볼 때 꽃잎 지면 더 좋겠다.

부홍노루발풀 ▶ 꽃이 피어도 수줄어 아래를 향해 고개 숙이다

조선의 좀참꽃 군락 ▶ 500미리 렌즈와 40미터 자일 두 동을 메고 다니던 시절. 벌써 15년 전이다.

그는 스물세 살의 농과대학생이었고,
그녀는 스무 살의 사범대학생이었다.
여름방학이 막 시작되던 무렵이었다.
삼각산 중턱에 하늘색 텐트를 짓고
꿈처럼 사흘 동안을 함께 살았더랬다.
인간이 달에 처음 내리던 그해 7월 20일.
그들은 서로에게 모든 걸 주고받았다.
그 삼각산 텐트 옆에 바람이 불어주는대로
짤랑대던 은방울꽃이 몇 송이 함께 살았다.

그는 백두산 가다가 그 은방울꽃을 만났다.
참으로 오랫만에 그의 가슴 깊은 데로
따듯한 봄바람이 스쳐 지나가는 듯 했다.
사진을 찍으며 화인더에 하늘색 텐트와
삼각산의 은방울꽃이 자꾸만 겹쳐왔다.
그녀는 지금 어떻게 살고 있을까.

"테레비에서 보고 연락처를 알았어요"
그녀는 교장선생님이 되었다고 전화했다.
그는 삼 십여 년 만에 교장선생님에게
"백두산 가는 길에 은방울꽃을 만났다"고.
"나도 아직 살아있다"고 전화를 해주었다.

은방울꽃/각다귀 ▶ 그녀는 스무 살의 사범대학생이었다.

노루발풀 ▶ 삼각대 꼭 사용하세요.

사진이 될만한 노루발풀을 찾아냈다.
원하는 각도와 사진기 위치를 정했다.
조리개치를 맘대로 쓰기 위해서라도
삼각대는 아주 중요한 역할을 한다.

모든 준비가 끝나면 셔터를 누르기 전에
담배 한 대나 커피 한 잔의 여유라도 갖는다.
그리고 다시 한번 파인더를 본다. 좋다.
배경과 꽃과 광선상태가 잘 어울린다.
빛이 안 좋으면 한 시간 쯤 더 기다릴 수도 있다.
촬영이 끝난 후엔 옆에서 도와주던 동무에게도
눈요기 시켜주고 화면을 다시 점검한다.
그래서 삼각대는 힘이 셀수록 쓸모가 있다.

그 좋은 삼각대를 쓸 줄 모르는 사람,
아직 사진을 모르는 철부지 사진사이거나
사진하는 재미를 모르는 불감증이거나
바보이거나 게으름뱅이일 수도 있다.

나도옥잠 ▶ 당신이 옥잠보다 훨씬 더 이쁘네요.

천기예보에 기대어 살다보니까
사람들은 하늘을 보고 날씨를 알아내던
원시적이지만 정확했던 기능을 상실했다.
저녁노을이 붉으면 내일은 날이 맑겠다.
그러다 밤에 달무리를 두르면 날씨의
변덕을 느낀다. 내일은 비가 오시려나 —.

등성이와 골짜기조차 다른 산 날씨를
기상청의 슈퍼컴퓨터라고 알 수 있겠는가.
차라리 현지 지형을 잘 아는 사람의 경험과
동물적인 육감이 더 예리할 수도 있다.
백운봉 산장에 비가 온다고 게으름 피면
천지의 壯觀을 놓치는 수도 있다.
산 위와 산 아래 날씨는 당연히 다르다.

흐린 날 숲 속에서는 인공광을 사용한다.
후레시 둘, 삼각대 셋, 반사판 하나, 그리고
안의호 동무의 도움으로 찍었다. 나도옥잠.

붓꽃 ▶ 이 사진 찍느라 천지 도착시간을 놓쳤다.

꽃을 피우려 올라온 봉오리가
먹물을 함빡 머금은 영락없는 붓이다.
참으로 이쁜 우리 말 꽃이름이다.
금방 어디에라도 글을 써 보내고 싶은
마음이 생긴다. 그래서 붓꽃이다.

옛날 옛날 우리 할머니 할아버지들은
님 그리는 마음 참을 수 없을 때 먹을 갈아
뜨거운 가슴 달래며 연서를 띄워 보냈겠지.
사람을 놓아 마음을 보내 놓고, 그러고는
하염없이 기별오기를 기다렸겠지.

볼펜으로 찍찍 연애편지라고 써서
우체통에 넣어버리던 우리들 세대를
"멋대가리 없는 놈들…" 그러셨겠지.
그래도 그때는 큰 가방 메고 골목길 돌아 올
우체부 아저씨 애타게 기다리며 마음 졸이고
가슴 두근거리던 따뜻한 세월들이었지.
나 대학 다닐 때는 우리집에도 그녀집에도
전화조차 없는데 어떻게 해서 그렇게
만나고 산에 가고 그랬었는지 지금은
그 메카니즘을 상상조차 할 수가 없다.

그래도 지금처럼 시간마다 전화질 하고
문자질 해대고 쫓기며 살지는 않았었지.
컴퓨터 이메일이나 핸드폰 문자 나부랭이.
그래서 그녀의 글씨가 얼마나 여리고 예쁜지
얼마나 정성이 담겨져 있는지도 모른다.

이제는 땅 속을 달리는 초고속 전철에서
문자를 날리면 메아리처럼 빠르게 답이 온다.
참으로 숨가쁘게 사는 세상이 되어 버렸다.

이몽룡이 합격자 발표를 보고 그 자리에서
"장원급제."라고 성춘향에게 문자를
날렸다면 그들의 사랑은 너무 싱거워서
춘향전이라는 소설은 될 수도 없었을 것이다.

비둘기 발목에 편지 달아 보내고 애태우던
그 세상으로 나 다시 돌아갈 수 없을까?

중국에서 한 달만에 돌아오는 날 공항에서
형모에게 점잖게 문자를 보냈다. "귀국."
간단히 답이 왔다. "웰컴 투 코리아."
그 애비에 그 아들, 끝내주는 父子之間.

돌꽃/붉은점모시나비 ▶ 이 나비는 돌꽃에다 알을 낳고, 애벌레는 그 잎을 먹고 크지요. 뽕나무와 누에처럼.

하늘매발톱/붉은점모시나비 ▶ 운노, 그 사람 재혼했을까?

이른범꼬리/붉은점모시나비 ▶ 운노, 그 사람 지금 어디서 무얼 찍고 있을까?

벌써 삼십 년 가까이 되어간다.
海野和男이라는 일본의 생태사진가가
나비를 사진 찍겠다는 별 것도 아닌듯한
그 하나의 의지로 이혼을 했다고 했다.

한국에만 산다는 어떤 나비를 찾아온
그와 함께 한 달쯤 함께 산으로 들로다녔다.
그때는 사진때문에 이혼까지 해야 했던
그의 마음을 나는 이해 할 수가 없었다.

그런데 이제 그는 세계적인 나비사진가로
온 세상의 모든 나비를 찾아 날아다닌다.
나는 이제야 그가 사진에 한번뿐인 그의 인생
모두를 걸어야 했던 이유를 알 수 있을듯 하다.
그의 아들과 아내가 사랑하는 그를 들판으로
날려 보낼 때의 마음도 알 수 있을 것같다.

어느 날, 그와 함께 찾아다니던
붉은점모시나비를 천지에서 만났다.
그 작은 나비 한 마리를 따라다니며
운노라는 사진가의 인생을 생각하게 했고
나의 사진 인생을 잠시 돌아보게 했다.

산속단 ▶ 배경이 너무 예뻐 꽃을 좀 옮겼지요.

여느 산과 마찬가지로
고산화원의 가을은 산 위에서부터
산 아래로 내려온다. 빛과 바람으로.

가을의 맨 뒤끝자락을 붙잡고 겨울이
산 아래로 내려온다. 빛과 바람으로.

그렇게 겨울이 깊은 눈 속에 갇히면
그 속에서 꽃들은 또 다시
내년을 위한 봄맞이 채비를 한다.
눈 속은 따뜻하니까. 아주 따뜻하니까.
그래서 눈이 많은 해 겨울을 지내면
다음해에 꽃들은 더 탐스럽게 피어난다.

고산화원의 겨울은 시월부터 시작이다.
그 긴 긴 겨울 동안 고산화원은 눈 속에서
새로운 싹을 틔울 준비를 한다.
산속단은 그렇게 겨울을 나고 칠월에 핀다.

석잠풀 ▶ 촉촉한 땅을 좋아한다. 꽃입이 입술 모양이다.

"선상님, 꽃사진 어떻게 찍나요?"
"꽃을 찍으려구요? 그냥 꽃이 되세요."

들에서 그녀와 함께 피어나고
그녀가 마시는 샘물 함께 마시고
산에서 그녀와 함께 살아야지요.
그래서 당신도 들꽃일 때 사진도 되지요.
그냥 아무 생각없이 인화지에 꽃들을
복제해 놓으면, 옮겨다 놓아버리면
그녀는 금새 시들어버리고 말지요.

"당신 이름이 뭐지요?" "석잠풀."
그래서 그녀와 사랑에 빠져 정이 통하면
이제는 카메라를 꺼내도 되겠지요.
그녀의 표정을 잘 살펴보세요.

살아있는 사진이 될 것입니다.
시들지 않는 싱싱한 사진이 될 것입니다.

오랑캐장구채 ▶ 추석 다음날까지 나를 기다려 주…

추석 전날 비가 쎄게 오는데,
안의호 동무가 산을 내려갔다.
연길가서 운전허가증 내는 시험도 보고
월병, 자반 , 샹차이도 사온다고 내려갔다.

받아둔 빗물도 바닥이 나고 해서
오늘은 내가 물을 뜨러 갈 수 밖에 없다.
가고 오는데 네 시간쯤 걸릴텐데…
카메라도 가지고 갈까 말까 무거운데…
작은 기계만 하나 가지고 갈까 어쩔까….

용문봉에서 천지 수면으로 내려왔다.
이제는 씨를 맺고 없어졌을 줄 알았는데,
오랑캐장구채가 아직 거기에서
싱싱한 모습으로 나를 기다리고 있었다.
광각렌즈까지 가져오길 참 잘했다.
실한 몸을 뚱기적대며 혼자 사진을 찍었다.

물통이랑 씻은쌀, 카메라 가방, 모두해서
팔십 근 쯤이 무겁게 느껴지지 않았다.
카메라 가져가길 잘했다 생각하니 캠프로
올라가는 발걸음이 날아갈 듯 가벼웠다.

용문봉 허리를 돌아 백운봉 가는 길.
아주 된 비알딱, 칼바위 끄트머리에 매달려
이 꽃은 살고 있다. 흰장구채.

칼벼랑 맨 끝에까지 살금살금 다가갔다.
삼각대를 놓을 자리도 적당치 않다.
적을 향해 사격을 해대듯 기계를 대충
들이대고 방아쇠처럼 셔터를 눌러댔다.

돌아오는 길에 다시 찍자고 생각했다.
오후에는 광선의 각도도 좋아 질테니까
꽃도 한 송이 쯤 더 피어 주겠지.

여섯 시간 후, 돌아 오는 길.
흰장구채는 네 송이나 피어버렸고
비바람에 심하게 흔들려대고 있었다.
내일 아침에 비 그치면 다시 오지 뭐.

다음날 날씨는 쾌청했지만,
꽃들은 비바람에 밤을 새워 지쳐있어
사진을 찍자고 할 수가 없었다.
네 시간 걸어 천문봉으로 되돌아왔다.

흰장구채 ▶ 첫 만남의 설레임. 두번 세번 다시 가서 못 찍길 잘했다.

풍선난초 ▶ 6월의 침엽수림 깊은 숲 속에 산다. 한 개의 꽃대가 올라온다.

고산화원에 그냥
풍선난초가 있다고 하면 믿겠지.

그런데 그 아름다움을
감히 누가 어떻게 설명할 수 있나?

말로 하면? 그건 말도 안 되지.
글로 써서? 그거 역시 불가능이지.
그림으로 그린다? 과장이라 하겠지.
그렇다면 사진이다. 사진은 사진이니까.
가장 가깝게 진실을 전할 수 있는 방법.

그런데 내 가슴 속 아주 깊은 데까지
넘실대는 이 꽃내음은
사진으로 어떻게 표현해낼 수 있겠는가.

신이 만들어낸 불가사의한 경지를
인간이 넘보면 안 될 것 같다.

손바닥난초 ▶ 뿌리가 아기의 손바닥을 꼭 닮았다.

사진 찍기에 좋은 꽃을 찾는다고
배경이 정리되는 좋은 자리를 찾겠다고
群落을 찾아, 희귀종을 찾아다니며
얼마나 많은 꽃들과 돋아나는 어린순과
그 아래 살고있는 곤충들을 밟고 다녔나.
떼를 지어 몰려 다니며 배를 깔고 엎드려
꽃이나 찍겠다고 짓뭉개놓은 그 흉터를 보며
우리는 무슨 생각을 했는가.

그 많은 꽃들 중에 차라리 한 두 송이
꺾어내다가 길가에서 사진을 찍는 게
자연을 아끼는 마음이 아닐까?

뿌리가 손바닥을 닮은 손바닥난초는
7월의 서백두고원에 무리를 지어 핀다.
이 꽃은 꺾어들고 다녀도 한동안은
시들지 않지만 이 사진, 있는대로 찍느라
내가 엎드려 짓뭉갠 자리는 目不忍見之處.

털개불알꽃 ▶ 조선에서는 애기작란화라고 한다.

전부터 한번 만나보고는 싶었지만
그래도 일부러 찾아다닌 적은 없었다.

어느날 금강폭포 가는 길에
아직 개발되지 않은 온천이 있다 해서
목욕하러 내려가다가 그를 만났다.

저쪽 약간 먼 데 숲 속에 있는 그를
먼 발치로 첫눈에 알아볼 수 있었다.
털개불알꽃 두 송이.
그들도 나를 알아보는 듯 했다.
그날, 금강폭포 가던 길을 접어두고
털개불알꽃을 저물 무렵까지 찍었다.

해발 2000m가 넘는 수목한계선에서
이 작은 생명이 꽃을 피워내기는 쉽지 않다.
열악한 환경을 극복하고 살아가는
이 꽃에서 나는 진정한 아름다움을 느낀다.

흰제비란 ▶ 멀리 떨어져 있어 더 가까워진다.

당신과 나는
멀리 떨어져 있기 때문에
더 가까워질 수 밖에 없는 것이다.

내집에 있는 꽃이 아무리 귀해도
들판에 홀로 피어나는 흰제비란.
당신처럼 내 가슴을 아리게 하지는 못 한다.

당신이 내 울안이나 내 서재에,
내 옆에 있다면 당신은 이렇게
나를 설레이게 하지는 못 한다.

당신, 이 험한 겨울을
그 깊은 산 속에서 어찌 살아내는기.
긴 겨울을 어찌 견디어
그리도 고귀한 꽃을 피워내는가.

당신과 나 떨어져 있어 더 가까워진다.

너도제비란 ▶ 내 눈에는 잘 뜨이질 않는다.

그 귀한 꽃들이 깊은 숲 풀섶에
있는 듯 없는 듯 조용히 숨어
살고 있는 걸 전에는 잘 몰랐었다.

경서룸이 난을 찍는다 했을 때도
별로 부럽다는 생각이 들지 않았다.
한국의 난초라는 책이 나온 뒤에야
깜짝 놀랐다. 이렇게 아름다운 꽃들이
이렇게 많이나 산 속에 살고 있다니….
나도 덩달이처럼 난을 찍어보겠다고
숲 속을 뒤지며 두리번거렸다.

난들은 뽐내고 나서지 않아서인지
내 눈에는 잘 뜨이질 않는다.
찾기도 힘들고 찍기도 힘든 꽃들.
내 재주로는 여기까지 밖에 안 된다.

너도제비란 ─. 남백두쪽에 제법 많다.

나도제비란 ▶ 잎이 한 장뿐이다. 별명 오리난초

내가 먼저 수작을 걸었다.
"사진 한번 찍어도 될까요?"

그녀는 볼을 약간 붉힌 채
그대로 가만히 있다.
그래도 그녀의 눈빛은
내가 실없는 난봉꾼이라고
생각하지는 않고 있는 듯 했다.

조심스럽게 카메라를 설치했다.
파인다 속의 그녀와 눈이 마주쳤다.
살짝 웃어주는 듯 하다. 가슴이 뛴다.
나도 그녀에게 따뜻한 눈길을 보낸다.
이 작은 꽃을 사진 찍으며 생각했다.
숲 속을 다닐 때 조심해야겠다. 잘못하면
그녀를 밟아버릴 수도 있을 테니까.

나도제비란 ―. 그녀의 이름이다.

오미자나무 열매 ▶ 한 송이 꽃에서 어떻게 저리도 탐스럽게 여러 알의 열매가 주렁질 수 있을까?

단맛, 쓴맛, 신맛, 매운맛, 떫은맛.
다섯 가지 맛을 낸다고 해서 五味子다.
열매는 말려서 강심약, 기침멎이약,
고혈압, 저혈압약, 기관지염, 천식약,
가래삭임약, 심장기능 강화 등에 쓰인다.
그 밖에 단물차 등의 청량음료로도
널리 이용되며, 줄기의 속껍질을 벗겨
그늘에 말려 가루내어 양념감으로도 쓴다.
우리 나라 바다기준높이 200~1600m
산기슭 양지쪽에서 잘 자란다.
세계적으로 일본, 중국, 로시야에도 있다.
번식은 씨뿌리기 또는 가지 눌러묻기,
가지심기로 시키며, 부식질이 많고
물이 쉽게 빠지는 데서 잘 자란다.

좀 낯설지만 정겹다. 평양인쇄공장에서
1996년에 만든 조선식물지 2권의 설명이다.

한 송이 꽃에서 어떻게 저리도 탐스럽게
여러 알의 열매가 주렁질 수 있을까?
그 비밀을 몰래 숨어서 엿보고 싶다.
그 진행과정은 나를 압도해 버릴 것이다.

오미자나무 꽃 ▶ 단맛, 쓴맛, 신맛, 매운맛, 떫은맛.

물레나물 ▶ 물레를 돌리던 여인을 본 적이 있나요.

찍어놓은 사진이 몇만 장이다.
무엇이 더 부러울 게 있는가.
내 서재에 사진책 천여 권이다.
무엇이 더 부러울 게 있는가.
내게 필요한 사진기 모두 다 있다.
무엇이 더 부러울 게 있는가.
코란도로 어디라도 갈 수 있다.
무엇이 더 부러울 게 있는가.
내 전시장 지을 수백 평 땅도 있다.
무엇이 더 부러울 게 있는가.
한창 일할 나이에 맑은 꿈도 있다.
무엇이 더 부러울 게 있는가.

춥고 배고픈 줄 알고 시작했던 일.
이제는 가진 게 너무 많다. 욕심은 버리자.
고산화원을 뛰어다닐 때에도 사진을
꼭 찍어야 한다는 억눌림에서 벗어나자.
그래야 진정한 삶을 살 수 있을 것이다.

미나리아재비 ▶ 일본 국화는 사꾸라가 아니다.

미나리아재비들로 고산화원이 노랗다.
꽃이 많아 발을 디디고 나갈 틈도 없다.
꽃을 한 송이 꺾는 게 좋을 듯 하다.
오아시스에 꽂았다. 나는 전과가 많은
지능범이라 범죄도구를 잘 갖추고 다닌다.
찻길에서 역광으로 슬쩍 돌려 놓으니까
질감도 좋고 배경을 정리하기도 쉽다.
편한 자세로 후레이밍을 한다.
꽃밭을 짓뭉개는 거보다 마음이 편하다.

마음 편한 김에 불편한 애기 하나 하자.
벗꽃은 일본 사람들이 아주 좋아한다.
한꺼번에 피고 한꺼번에 지는 게 좋단다.
우리가 그 멋진 사꾸라꽃을 좋아한대서
친일파나 매국노가 되는 거 절대 아니다.
걱정말고 좋아하자. 떳떳하게 좋아하자.

日本 國花는 菊花다.

두메자운 ▶ 김용남 동무. 지금은 전화조차 칠 수가 없다.

지금쯤 조선민주주의인민공화국
김용남 동무도 천지 건너 어디쯤에서
꽃을 찍고 있을지도 모른다.
우리는 함께 묘향산에도 갔었고
서울 예술의전당에서 2인전도 했는데
지금은 전화조차도 칠 수가 없다.
편지라도 오갈 수 있다면 참 좋겠다.
그렇지만 조선인민예술가 김용남과
한국산악사진가회 안승일의 사진에 대한
생각은 조금도 다르지 않다는 걸 서로 알았다.
그래서 우리끼리는 벌써 통일이 된 거나
다름이 없음을 우리는 서로 알고 있다.
그가 천지 수면가 어디쯤 있을 듯 해서
가끔씩 망원렌즈로 건너다보지만
마음뿐이다. 너무 멀다.

올해는 두메자운 풍년이다.
천지 건너편에도 지금쯤 만개했으리라.

별 총총.
하늘에 별이 너무 많다.
하늘보다 별이 더 많다. 아주 많다.
이런 날씨면 내일은 사진 안 찍을 꺼 같다.
꽃도 천지도 빛이 너무 강하면 재미없다.
날씨가 너무 화창해도 사진 만들기 어렵다.
사진은 그렇게 쉽게 되는 게 아니다.
비가 와서, 너무 흐려서 , 빛이 강해서,
그래서 사진 못 하면 언제 사진 찍나?

숲 속에 빛나는 달구지풀의 유혹.
그래서 얇은 창호지로 그늘 드리워
광선을 조금 부드럽게 만들었다.
20여 년 꽝고사진을 하며 터득한 잔재주다.

6-7월에 잎 사이에서 꽃줄기가 나오고
끝에 붉은색 나비 모양 꽃이 5-20개 핀다.
콩과 식물 달구지풀.

달구지풀 ▶ 제주달구지풀과 비슷하다. 구별이 잘 안 된다.

원앙못 ▶ 이런 날보다 비오는 날 가면 가슴 속까지 촉촉해진다.

백작약 ▶ 이러다가는 같은 민족끼리 통역이 필요할 수도 있다.

적작약 ▶ 눈물겨운 코미디가 연출될 수도 있다.

평양에서 사온 조선식물도감에는
모란과의 백작약을 산함박꽃이라 했다.

동물, 식물, 물고기 이름들이 남쪽과
북쪽에서 서로 다르게 불려 지는 게 많다.
아주 여러 가지로 그렇다. 안타까운 일이다.
북녘에서는 개망초를 돌잔꽃이라 하고
개불알꽃은 작란화라고 새 이름을 지었다.
조선의 국화인 하얗고 탐스런 목란꽃을
우리는 또 함박꽃나무라고 부른다.
같은 우리 땅, 우리 꽃인데 이름이 다르다.

겨우 오십 년 세월을 갈라져 살았는데
남북 간의 언어 이질화는 심각하다.
이러다가는 같은 민족끼리 통역이 필요한
눈물겨운 코미디가 연출될 수도 있겠다.
우리가 통일을 이룬 후에도 남과 북의 힘을
한 데 모으려면 지금은 서로 다르게 쓰는
컴퓨터 자판의 단일화도 급한 문제다.

6월 말쯤 서쪽고산화원 원앙못에 가보면
산함박꽃도 작약도 싸우지 않고 함께 잘 산다.

부전바디나물/각다귀 ▶ 손잔치 한번 하기 참 어렵다

房事는 방에서 하는 일이라는 뜻이다.
동침이나 합방이라고도 한다.
그 일을 함에 있어서 우리 조상님들은
엄격한 금기사항이 있었다고 한다.

태풍, 홍수, 대설, 일식, 월식 등
천기이변이 생길 때는 하면 안 된다.
명산대천, 사찰, 성당, 교회, 묘지,
벌판, 바닷가, 운동장 등에서도 안 된다.
석탄일, 성탄일, 섣달 그믐, 청명, 한식,
제삿날 등에도 방사는 절대 하면 안 된다.
천기, 장소, 시일의 3대 방사금기 사항을
옛날 어른들은 엄격히 지켰다 한다.

이를 어기고 방사를 하면 당사자가
이름 모를 병에 걸려 고생하거나
그렇게 잉태되는 아기는 정박아나
신체장애자로 태어날 수도 있다는 거다.
속잔치 한번 하기 참 어려운 일이다.

부전바디나물에 매달린 각다귀들의 체위는
인간이 흉내낼 수 없는 곡예예술이다.
카마수트라보다 더 아름답다.

수리취/메뚜기 ▶ 내가 하면 사랑이요, 남이 하면 불륜이다.

엉겅퀴/메뚜기 ▶ 내가 하면 사랑이요, 남이 하면 불륜이다.

"산이 거기 있으니까 간다."
어느 등산꾼의 이상한 말씀이다.
나 평생 산에 다녔지만 아직 잘 모른다.

"산은 산이요, 물은 물이로다."
나는 도 통한 중이 아니라서 그런지
훌륭한 말씀이라는 생각이 전혀 안 든다.

"죽느냐, 사느냐. 그것이 문제로다."
셰익스피어 4대 비극. 40년 전에 다 봤다.
너무 오래 전 일이라 그런지 느낌이 별로다.

"내가 하면 사랑이요, 남이 하면 불륜."
극도로 어지러운 세상을 산다는 증거로
우리들 가슴에 공감대를 형성한다.
어떡하면 좋으냐, 우리 사는 이 세상.

고산화원에는 간통죄도 강간죄도 없다.
곤충들에게는 발기부전도 조루도 없다.
하늘의 뜻대로 살아가는 버러지들에게
버러지만도 못한 우리는 무엇을 배우나.
숨 한번 크게 쉬고 하늘 좀 올려다 보자.

털중나리 ▶ 500미리 렌즈가 만든 게 아니라 꽃들이 나를 도와주어 만든 분위기다.

털중나리/은점선표범나비 ▶ 나는 신문 안 본다.

털중나리/줄흰나비 ▶ 내집에 텔레비 없다.

고산화원에는
바보상자가 없다.

고산화원에는
전화가 오지 않는다.

고산화원에는
신문도 배달되지 않는다.

고산화원에는
털중나리
은점선표범나비
줄흰나비들하고 동무한다.

나 이제 돌아가면
TV 안 보고
신문 안 읽고
핸드폰 던져 버릴테다.

괜히 지고 온
무거운 짐 벗어놓고
사람답게 살 테다. 사람으로 살테다.

바위구절초 ▶ 바람질이 너무 심해 나 사진 못 찍겠다고 삼각대 접었다.

그렇다. 바람이다. 빛이다.
그래서 자연은 風光이다.
고산화원을 저렇게 피워내는 것은
빛이고 바람인 것이다. 풍광인 것이다.

백암봉으로 몰아친 四方風은
화산돌을 하늘로 날려 보내버렸고.
자동차 문을 못 열어 내릴 수 없게 했다.
흑풍구에서는 유람질하던 어떤 이가
절벽 아래로 날아가 버렸다.
나, 사진 못 찍겠다고 삼각대 접었다.

그런데 이 구절초들은
며칠 밤낮을 위에서 아래로 아래서 위로
미친 바람이 잠시도 쉬지 않고 흔들어대도
맨몸으로 받아내고 끄떡도 없는 것은
열매를 맺기 위한 간절한 소망인 것이다.
그렇게 열매를 맺으면 바람은 또 한번
구절초의 씨앗을 멀리 날려 보내줄 것이다.

그 바람은 함부로 부는 게 아니다.
꽃들을 위해서 바람은 그러는 것이다.

도깨비 ▶ 꽃잎은 여 장이 아니라 다섯 장이다. 꽃지 한부에 싸여져 있는 노은 가짜 동자다. 때문이다.

제비동자꽃 ▶ 동자승의 무덤에서 피어난 꽃.

탁발나간 스님을 기다리다 얼어죽은
동자승의 무덤에서 피어난 꽃.

동자꽃을 남쪽에서 보기는 쉽지만
제비동자꽃, 털동자꽃은 좀 귀한 편이다.
그렇지만 고산화원 너른 벌판에는
제비동자꽃, 털동자꽃들이 지천이다.

이제 동자꽃은 귀할 수 밖에 없을 것이다.
스님은 탁발대신 온라인 시주를 받고
절에는 보일러가 방을 쩔쩔 끓게 하고
운전하며 핸드폰으로 절에 연락을 하는
그런 세월이 되었으니. 이제부터 우리는
숲 속에 주황색으로 신비하게 태어나는
착한 동자를 다시는 볼 수 없을지도 모른다.

잎꼭지가 없다. 잎몸은 긴 닭알 모양이다.
연한 누런 붉은 색 꽃이 7-8월에 핀다.
꽃잎은 거꿀 심장 꼴, 꽃받침은 실북 모양,
열매는 튀는 열매로 9-10월에 여문다.
조선식물 원색도감의 설명이다.
우리의 설명보다 정겹고 알기 쉽다.

딸딸기 ▶ 열매가 땅에 앉지 않고 곧추 서서 꿈처럼 바람에 딸랑대고 있었다

십 년 전쯤이다. 고산화원 서쪽
해발 2000m 가까운 수목한계선에서
탐스럽게 익어가는 땃딸기를 처음 만났다.
칠월 중순쯤이었는데 꽃도 피어 있고
딸기도 이제 막 달리기 시작하고 있었다.

엄지손톱만한 열매가 땅에 앉지 않고
곧추 서서 꿈처럼 바람에 딸랑대고 있었다.
아주 진한 향을 내뿜고 매달려 있었다.
세상에 이렇게나 맛있는 딸기가 있다니.
내가 손 대기에 죄스러울 만큼 향기로웠다.

그 뒤로 그곳을 지날 때마다 그 향을
잊지 못해 다시 찾아보지만 꽃은 피는데
그 신비한 땃딸기는 볼 수가 없었다.
그래서 그 열매의 맛도 내가 찍었던 사진도
모두가 꿈 속에서의 일인 듯한 생각이 든다.
꿈 속에서 찍은 사진이 필름에 노광된다?
그렇지, 그럴 수도 있겠지….

혹시 고산화원 땃딸기 열매를 보았거나
사진 찍은 분. 출판사로 연락 한번 주세요.

땃딸기 꽃 ▶ 그 신비한 땃딸기는 볼 수가 없었다.

가솔송 ▶ 아름다움은 백분지 일로 축소되었지만 꽃의 크기는 거의 실물에 가깝다.

고산화원에서 가장 앙증맞고 이쁜 꽃.
키는 잘 자란 놈이 5cm를 넘지 않는다.
진달래과의 사철푸른 반떨기나무. 가솔송.
줄기는 옆으로 뻗으며 가지를 배게 친다.
7~8월 경에 가지 끝에서 연분홍색 꽃이
단지 모양으로 고개 숙인듯 아래로 살며시
드리우고 열매는 둥그스름한 튀는열매다.
북부고원지대 높은 산 풀판에서 자란다.
조선에서 발행한 식물도감의 설명이다.

무식한 새끼들이 나라를 통치라고 하던 시절
긴긴 겨울이 가도 봄이 올 줄 모르던 그때.
이런 책 봤다고 했으면 남산에 끌려가서
이 좋은 세상 구경도 못하고 맞아 뒈졌겠지.

이쁜 가솔송에 부질없는 욕심이 생겨
청석봉에서 위동짬으로 몇 그루 파 왔더니
시름시름 아프다가 며칠 후 죽어버렸다.
다음해 봄에 묵은 뿌리가 혹시나 살아날까
걱정하며 기다렸지만 아무 소식도 없었다.
또 다음해에도 그랬다. 그 다음해에도.
미안하다, 가솔송. 내가 너를 죽였다.

갈퀴나물 ▶ 봄에 어린 순을 먹는다. 별완두와 사촌지간이다.

연하디 연한 새싹이
무슨 힘이 있겠는가. 천하장사도 아닌데.
겨우내 눈에 짓눌리고 바람에 다져진
딱딱한 땅을 어떻게 뚫고 나올 수 있는가.

봄볕과 바람은 밤새워 봄서리를 만들고
그들 셋이 힘을 모으고 마음을 합해서
그 애어린 순이 다치지 않고 땅거죽을
뚫고 나오게 도와주는 것이다.
흙덩이의 무게를 이겨낼 수 있도록
손을 잡아 대지 위로 끌어올려 주는 거다.

한번쯤 봄날의 大地를 만져 보라.
아주 잘 익은 카스테라나 솜사탕보다
더 부드럽고 따뜻할 것이다.
살짝 건드려도 부러질 갈퀴나물 새싹.
그 가녀린 생명은 그렇게 해서
봄을, 푸르름을 만들어내는 것이다.

놋젓가락나물 ▶ 나 꽃들의 유혹에서 벗어나 산으로 가고 싶다.

"나 이제 산악사진 그만 두고 꽃사진하게
될지 모른다." 그랬더니 어떤 놈이
"꽃도 찍고, 산도 찍으면 안 되냐?" 그런다.

누드 찍어 몇 점 따고, 풍경 찍어 또 얼마 보태고
접사 한 장 해서 몇 점 추가, 걸레처럼 주워 모아
무슨 작가협회인가 뭔가의 회원이라고
지가 예술가 라도 된 걸로 착각 속에 빠져 있는 놈.
외국어 하나 제대로 할 줄 모르는 놈.
예술이 뭐냐고 한국말로 물어도 벙어리가 되는
그놈이 산도 꽃도 찍으랜다, 나더러.

곰탕, 짜장면, 초밥을 같은 식당에서 한다면
어느 게 제대로 되겠는가? 사진은 더 하다.
산에 가면 꽃이 있으니까 두 가지 다 할 수 있다?
아니다. 피사체를 대하는 마음도 장비도 다르다.

나 꽃들의 유혹에서 벗어나 산으로 가고 싶다.

천지 야영 ▶ 산짐승처럼 마구 뛰어다니며 사진도 찍었다.

황소처럼 힘이 좋고 우직한 사진쟁이
연변의 고철기 동무가 위암 수술을 했다.
"고 동무, 나랑 산에 가자. 산에 살면
모든 병이 다 나을 수 있다. 백두산 가자."

이제 조금씩 회복중인 그가 망설이다가
어렵사리 나를 따라 나섰다.
그를 환자 취급하면 안 된다고
짐을 잔뜩, 육십 근 정도 지게 했다.
꿈을 되찾으라고, 힘 내라고
그의 카메라도 모두 가져가게 했다.
산짐승처럼 아무데나 마구 뛰어다니며
맑은 물, 밝은 바람 먹고 살았다.
구름이 몰려다니면 사진도 찍었다.

고 동무, 내려올 때는 짐을 더 많이 지고
껑충껑충 뛰어 내려왔다. 절망은 버리고
희망과 자신감으로 배낭 가득 채워서….

"선생님, 꿈만 같아요. 살 것같아요.
다시는 산에 못 가는 줄 알았어요."
사진 오른쪽의 고철기 동무가 말했다.

"쑥부쟁이와 구절초를
구별하지 못 하는 너하고
이 들길 여태 걸어왔다니.
나여, 나는 지금부터 너하고 절교다."

"무식한 놈"이라는 안도현의 시다.
쑥부쟁이와 구절초의 구별은 용이하지 않음.
노루·고라니의 구별보다 더 용이하지 않음.
구절초 종류만도 열댓가지가 넘어서 그러함.

"아아아 ─. 이름 모를 꽃들이여어 ─."
"오오오 ─. 이름 없는 꽃들이여어 ─."
며칠전까지도 무식했던 시인들은 국민들에게
구절초와 쑥부쟁이의 구별을 강요하지 말것.

원예과 동창 정두훈이허구 나허구 싸운다.
한계령 넘다가 이게 쑥부쟁이다, 구절초다.
그래, 너 잘났다. 그래도 우리는 절교 안 한다.
그게 구절초면 어떻고, 쑥부쟁이면 어때.
같은 국화과니까 들국화라고만 해도 되는 걸.

쑥부쟁이와 구절초는 불알친구들도 헷갈림.
그래도 우리는 무식한 놈들 아님. 萩麥 아님.

구절초 ▶ 바위구절초와 닮았는데 더 이상 캐묻지 말자

나도수정란풀 ▶ 전세계에 3종, 우리 나라에 2종 분포한다.

어디까지가 줄기이고
어디까지가 꽃이고 잎인지
구별하기조차 어렵다.
수정같기도 하고 란같기도 하고
풀인듯 하기도 해서 수정란풀이라 했는가.
깊은 숲 햇빛조차 보기 어려운 곳에
양분을 만드는 엽록소도 없이
썩은 낙엽 속에 뿌리를 내리고 산다.
수백 개쯤 모여 나기도 하고
가끔씩은 외따로 나기도 한다.

자료를 찾다가 없어서 혹시 란인가 하고
제주도 이경서兄에게 전화를 했다.
문주란이 란이 아니듯이 이놈도 란이 아니라며
친형처럼 다정한 웃음을 전파로 보내왔다.

고산화원 서쪽 山門 부근에 가끔 보인다.
신비한 느낌을 주는 풀, 수정란풀.

구상란풀 ▶ 잎은 비늘 모양으로 퇴화되었고 구상나무, 소나무 숲 속에 산다.

고산화원을 깊은 데까지 다닐 때는
일제 도요타차를 타고 다닌다.
생산된 지 삼십 년이 훨씬 지난 똥차다.
이 차를 십 년 넘게 운전해주는
아주 유능하고 착실한 운전사 張勇 동무.
그는 한족이지만 의사소통에 불편이 없다.
그 동안 함께 살아온 세월 때문이리라.

나는 그의 어머니, 형제들, 아들, 집사람,
그 모든 가족들과도 아주 친하다.
일이 너무 힘들어 잠시 쉬고 싶을 때는
차로 한 시간쯤 되는 그의 집에 놀러간다.
그의 집은 백산시의 평범한 한족 집이다.

송강하에서 장사기네 백산시로 넘어가는
큰 고개에 이깔나무 숲이 한참이나 이어진다.
그 숲 속에 드문드문 구상난풀이 산다.
그 만량고개에서는 백두산도 가끔씩 보인다.

압록강 상류 ▶ 오리의 대가리처럼 푸르러서 鴨綠江이다. 건너편으로 한발짝 건너뛰면 조선이다.

다래나무 꽃 ▶ 강 이쪽의 다래들도 오월에 꽃이 피고 시월이면 익는다.

다래나무 열매 ▶ 강 저쪽의 다래들도 오월에 꽃이 피고 시월이면 익는다.

예사로운 개울이 아니다.
고산화원에서 시작되는 물살은 거세다.
오리의 대가리처럼 푸르러서 鴨綠江이다.
건너편으로 한발짝 건너뛰면 조선이다.
이 물은 오늘 밤쯤에 량강도 혜산시를 지나며
허천강을 만나 제법 강 모양을 해낼 것이다.
우리나라에서 제일 춥다는 중강진을 지나
수풍댐에서 잠시 머물러 쉬다가 다시
위화도를 끼고 신의주를 거쳐 서해로 간다.
압록강은 조중우호국의 국제하천이다.

언젠가 아리랑을 찾아, 뗏목을 찾아
이 강을 오르고 내리며 내 조국에 대한
연민과 원망으로 울기도 참 많이 울었다.

강 이쪽의 다래들도, 강 저쪽의 다래들도
오월에 꽃이 피고 시월이면 익는다.
빨갛게 노랗게 화려하게 여물지 않는다.
그냥 말갛게 익는다. 그래서 짐승들 눈에
쉽게 띄이지 않고 겨울을 나면 서리도 맞고
수분이 적당히 말라 쪼글쪼글해진다.
봄다래 한번쯤 맛보면 그 맛 잊지 못한다.

바람질이 심해서 흔들리는
이삭바꽃 촛점 맞추기가 힘들어
눈을 쉬려 잠시 먼산을 보는데
말사슴 한 마리가 물끄러미 나를 본다.
눈이 마주쳐도 당황하지 않는다.
그때 그놈인가?
십여 년 전에 악화폭포 근처에서
잠시 마주친 적이 있던 그 덩치 큰 놈.
그때 그놈인지도 모른다. 말만한 놈.
그래서 나를 알아보고 반가워 했었나?
무서워 하지 않고 슬그머니 林道를 건너
숲으로 들어가는 뒷모습도 낯익다.

백운봉 꼭대기 쥐토끼 동네에서는
내가 가끔씩 가져다주는 땅콩을 기다린다.
금강폭포 지나 4호 국경비 가던 길에
멧돼지 가족 다섯 식구와 마주친 적도 있다.
고산화원 수림 속에는 너구리란 놈도 있고
노루나 사슴들은 심심찮게 어슬렁거린다.

고산화원은 아직 살아있으니 언젠가는
여우색시가 나를 홀리러 올지도 모른다.

백두산 원경사진 한번 찍겠다고
송강하에서 만장 가는 길녘 금강촌.
蘇玉和네 집에 방을 얻어 살았다.
소 동무는 소학교 동창인 색시하고
열아홉 살 먹은 아들 하나 두고
날마다 허허 웃으며 재미나게 산다.
남편은 색시를 위해 날마다 숯을 굽고
색시는 남편을 위해 날마다 뜨개질을 한다.

저녁이면 동네사람 두셋씩 마실 온다.
외국사람 처음 본다고 구경하러 온다.
모여 와서는 이래 저래 나를 웃긴다.
나도 서툰 중국말로 그들을 웃겨준다.
손님 대접한다고 커피 내놓으면
중약같다고 깜짝 놀라 손을 휘휘 젓는다.

집주인 소 동무와 로스지 張勇 동무와
송강하 가서 호구워도 먹고 목욕도 한다.
어떤 때는 사진 하는 일보다 순박한 그들과
어울리며 사는 게 더 재미있을 때도 있다.

분홍할미꽃, 소 동무네 금강촌에서는
길녘에도 여기저기 무더기로 피어난다.

분홍할미꽃 ▶ 허리도 굽었지만 열매에 달린 털이 백발이다. 중국명 백두옹.

앵초 ▶ 돌 틈에서 꽃은 참 이쁘게도 피워냈다.

고산화원에서 만난 어떤 사진작가 선생.
지가 백두산 몇번씩이나 왔다고 자랑이다.
두견호텔에 삼박사일 묵고 좀이 쑤셔 이제는
더 찍을 게 없다고 돌아가던 그를 나는 안다.
여권의 도장 숫자나 세고 있는 한심한 분들아.
여러 번 다녀가는 게 자랑이 아니다.

나는 한번 산에 들어오면 한달이고 두달이고
산에 살아버린다. 산이 좋다. 산에 사는 게 좋다.
세상에 나가면 사는 방법도 서툴다.
몸도 마음도 산에 길들여져 산이 편하다.

열몇 번을 왔대거나 몇 년을 살았대거나
그건 중요한 게 아니다. 자랑이 아니다.
사진쟁이는 사진으로 말해야 한다.
짧은 시간에 좋은 사진을 내놓는 게 자랑이다.

그런데 번갯불에 콩을 구워 먹을 수 있을까?

앵초 ▶ 약간은 탐욕스럽게 보인다.

앵초—. 약간은 탐욕스럽게 보인다.
키 작은 담자리꽃나무들을 제치고
우뚝 선 모습이 조금은 잘난 체 하는 듯
같은 앵초라도 환경에 따라 꽃 모양이 다르다.
동물이나 인간들처럼 꽃들도 뿌리 내리는
토질이나 위치에 따라 조금씩은 다른 모양,
다른 색, 다른 생각일 수도 있다.

꽃들은 동물이나 곤충들처럼 제 마음대로
움직일 수가 없어 씨가 떨어지는 자리에
싹을 틔워, 순종하고 적응하며 살아간다.

인간이 부모와 자식을 선택할 수 있다면
서로를 바꿀 수 있는 어려움까지 겹쳐서
우리는 지금보다 훨씬 더 힘든 삶을 살겠지.

이 세상에서 제일 아름다웠던 내 엄마, 아버지.
저 세상으로 나는 내 엄마, 아버지 찾아가리라.

큰뱀무 ▶ 네가 큰뱀무라면 왜 겹꽃이니?

산과 들에 피는 꽃들에게
조금만 관심을 갖고 들여다보면
신비롭고 경이롭다. 그걸 보고 무심하면
그는 사진쟁이가 아니다. 소재 빈곤에 쫓기다
찍기 쉬울 거라 생각하고 덤벼드는 꽃사진.
그래서 자칭 꽃사진 작가들은 흔해빠졌다.
그런데 누가 제일일까 가늠하기 힘들다.
각자 나름대로의 개성도 있을 테니까.

진선출판사의 "나무쉽게찾기"라는 책에서
윤주복의 사진을 보았다. 그가 누구인지
어떤 사람인지 만나본 적도 없지만
그가 사진을 하는 뚜렷한 목적과 철학과
열정만은 금새 알 수 있을 것 같았다.
그의 삶은 모두 꽃이고 사진인듯 했다.

나는 야생화사진가 평론가는 아니지만
당분간은 그를 넘어설 사람, 없을 듯하다.

달맞이꽃 ▶ 형광색 꽃무리 속에 취하면 영혼마저 빼앗기는 수가 있지요.

달빛이 파랗게 부서지는 밤에 한번쯤
들판으로 달맞이꽃을 맞으러 가 보세요.
그 눈부신 형광색 꽃무리 속에 취하면
영혼마저 빼앗기는 수가 있지요.

깊은 산속보다 자동차길 옆 여기저기
가까운 들판에 많이 살고 있으니까
차 몰고 가다 한번쯤 관심 가져 보세요.
너무 성급하게 달리지 말고, 뛰지 말고
쫓겨다니듯 힘겹게 살지 말고, 화내지 말고
가끔씩은 무거운 짐 벗어 던져버리고.
조금만 나가면 달맞이꽃들이 기다릴테니.

달밤에 바람을 타고 춤추는 그 꽃들은
잠 못 들어 밤을 헤매는 곤충들을 위해
세상사에 지친 당신을 달래주기 위해
온밤을 그렇게 춤을 추는 거지요.
온밤을 그렇게 기다리는 거지요.

큰오이풀 ▶ 고산 초원에 자생하는 다년초. 근생엽은 밀생하며 일회우상복엽이고, 이삭화서는…. 어렵다, 어려워.

수만 송이 큰 오이풀의 군무.
아주 연습량이 풍부한 무용단처럼
바람결 따라 몸놀림 단정하게 너울댄다.
그 중 어느 한 송이에 포커스를 맞춘다.
큰오이풀과 나와의 만남도 인연이듯
메뚜기들의 속잔치도 인연이다.
인연은 일부러 찾아다니는 게 아니다.
바람처럼 숙명처럼 그렇게 오는 것이다.
어느날 슬그머니 다가오는 것이다.

한 송이 큰오이풀과의 인연을 위해
나는 정성을 다해 사진을 찍었다.
옆에서 바람도 막고 반사판도 대주며
우리들의 관계를 도와주던 안의호 동무.
그와 내가 만나서 몇 년 동안 이렇게
산으로 들로 헤매며 함께 살고 있는 것도
어쩔 수 없는 인연이다. 전생의 연이다.

마흔이 넘은 떠꺼머리 총각 안의호.
그의 색시감은 벌써 정해져 있을텐데….
이 세상 어딘가에서 그를 기다리고 있을
옥토끼같은 색시를 언제쯤 찾아내나.
그 색시 电话号码라도 알면….

큰오이풀/메뚜기 ▶ 메뚜기들의 손자치는 사랑이다 북류이 아니다

無窮花에 대하여 ―
중동 시리아 지방이 원산지라도 좋다.
이집트 여신 히비스를 상징한대도 좋다.
우리 나라에는 자생지가 없다 해도 좋다.
진딧물의 습격에 속수무책이라도 좋다.
품종이 200가지가 넘는다는 것은 안 좋다.
서로 잘났다고 싸우는 우리같아서 안 좋다.
삼천리 강산에 우리 나라꽃이라 했다.
그런데 무궁화는 추위에 약해서, 연약해서
우리 나라 북쪽에서는 살지도 못 한다.
량강도 자강도 사람들은 볼 수가 없다.
조선족이나 고려인들도 본 적도 없다.
그래서 우리 나라꽃으로는 자격 미달이다.
國花를 바꾸는 거 어려운 일 아니다.
민족반역이나 국가를 모독할 의사는 없다.
국화는 단순하게 나라를 상징하는 데에만
그 목적이 있다고 생각하는 사람들은
국화가 왜 필요한가. 왜 중요한가?
또 다른 의미를 한번쯤 생각해 보자.

천지로 가는 포장도로 틈새에도 사는 꽃.
민들레가 내 나라꽃이라면 나는 좋겠다.

민들레 ▶ 무궁화의 품종은 200여 가지가 넘는다.

민들레 ▶ 우리 민족에게 지금 꼭 필요한 꽃이다.

민들레에 대하여 ―
꽃이름부터가 진짜 예쁜 우리말이다.
무궁화처럼 중국에서 온 한자말이 아니다.
백여 개의 꽃송이가 서로 뭉쳐 힘을 합해
한 송이처럼 피어난다. 그래서 지혜롭고 강하다.
작은 힘을 한 데 모아 큰 힘을 만든다.
우리 민족처럼 뿌리가 아주 깊다. 그 뿌리는
제 몸의 수십 배에 달해 흔들리지 않는다.
씨앗은 바람을 타고 어디든지 퍼져 간다.
식용으로, 약용으로 제 몸 전체를 내준다.
여러가지 병을 고치고 음식과 차로도 쓴다.
우리 민족에게 지금 꼭 필요한 꽃이다.
여의도의 어리석은 동무들에게 금뺏지나
만들어 바치자고 국화가 있는 건 아니다.
우리가 먼 데 있거나 가까운 데 있거나
국화를 보고 잠시 잊었거나 가본 적도 없는
내 조국과 민족을 생각할 수 있게 한다면
그것이 국화를 정하는 첫째 목적이라면
민들레는 우라 나라꽃으로 적합하다.

천지 장군봉 아래까지 날아온 민들레.
민들레가 내 나라꽃이라면 나는 좋겠다.

벌깨덩굴 ▶ 네모진 줄기의 잎겨드랑이에 입술 모양의 꽃이 5월에 핀다.

처음엔 이쁜 꽃만 찾아다녔다.
젠자브로니카 6×6에 접사링 달아서
산으로 들로 십 년쯤 다니고 나서야
조물주의 능력을 인정하기 시작했다.
이 세상에 이쁘지 않은 꽃 어디 있는가.
그래도 아직까지는 벌깨덩굴처럼
찍기가 좀 수월한 꽃에 눈길이 간다.

나 사진 찍는데 어떤 유람객이 물었다.
"금강산도 촬영하러 자주 가십니까?"
"아니요. 한번도 못갔습니다."
그 산은 아직도 내가 갈 수 없는 산이다.
"그냥 한번 구경 삼아서라도 다녀오시지요."
가서 보면 가슴이 두방망이질 칠게 분명한데
어쩌란 말인가, 가서 살 수도 없는 산인데….

그 산에서 한달이고 두달이고 살 수 있는 날
그날은 언제쯤 오려나. 아, 그리운 금강산.

푸른 잎사귀들 설레는 소리.
꽃들의 속삭임보다 싱그럽다.

내가 왜 사진을 찍는가. 나의 속생각이
꽃싸리, 그들에게 이르러 주었으면 좋겠다.

벌써 두 달째 고산화원을 헤매고 다닌다.
세겹살에 소주 한 잔, 닭한마리, 족발,
필동만두, 오장동냉면, 청진동해장국.
너무 먹고 싶다. 참기 힘들 정도다.
그보다 더 견디어내기 어려운 게 있다.
그리움이란 거 그거 참기 정말 어렵다.
보고싶은 마음 저 벌판 끝까지 꽉 차버린다.
그렇게 그리워하는 마음조차 없으면
나는 이 고된 일을 해낼 수 없을 것이다.
보고싶은 사람들과 나를 기다리는 사람들
돌아갈 곳이 있음으로 나는 힘을 얻는다.
나는 사랑하는 그들을 위해 이 일을 한다.

꽃싸리 ▶ 내가 왜 사진 찍는지 너는 아니?

용담 ▶ 뿌리의 약효가 용의 쓸개보다 좋다고?

산에서는
아침을 잘 먹고
점심을 잘 먹고
저녁을 잘 먹고 그래야 한다.

산을 오르고 내리고 사진 찍는 일.
정신, 육체 노동에 막대한 에너지를 요한다.
정신력의 한계는 체력으로 극복한다.
그 체력을 유지하기 위해 잘 먹어야 한다.
혼자 먹기 싫거나 돈 아까울 때나 바쁠 때
세상에서는 가끔씩 끼니를 거를 때도 있지만
산에서는 한끼도 안 거른다. 나는 과식주의자다.
그래야 중장비 메고 여러 날 잘 뛰어 다닌다.

우리 주치의 선생님 백종렬 박사님.
고지혈환자 과식하면 큰일난다고 겁주시지만
중국에서 돌아오는 날 또 삼각산 갈 수도 있는데
조금 먹고는 산에 못 가는데 어쩝니까?

칼잎용담 ▶ 용담과는 식성도 성격도 사는 곳도 비슷한데 잎만 조금 다르다.

용담과 칼잎용담은 구별하기 어렵다.
이름도 비슷하고 모양도 비슷한 용담이
여러 가지라서 알아내기 아주 어렵다.

다닥냉이, 콩다닥냉이, 물냉이, 황새냉이,
는쟁이냉이, 말냉이, 좁쌀냉이, 싸리냉이.
자세히 구별할 필요 없다. 아무 냉이나 캐서
무쳐 먹거나 된장국 끓여 달게 먹을 수 있다.

나도바람꽃, 너도바람꽃, 숲바람꽃, 세바람꽃,
만주바람꽃, 변산바람꽃. 바람꽃도 참 많다.
난초의 종류도 엄청 많아 책 한 권이 넘친다.
그런 거 좀 안다고 잘난 척 하지 말자.
분류학자 흉내내며 아는 체하지 말자.
제비꽃하고 바람꽃하고 알아보면 된다.

사진쟁이는 꽃들과 눈맞아 정을 통해야 한다.
사진쟁이는 꽃의 이름보다 표정을 알아야 한다.

조각끝 평원 à 천풀에는 고산 천풀에는 수많이가 뻐연지 기구미한 버섯 하나가 아름답게 서 있었다.

술패랭이 ▶ 술패랭이 너희들은 넘어가면 안 된다.

술패랭이 ▶ 술패랭이 너희들은 넘어오지 마라.

처음 백두산을 올랐을 때
장군봉이 바로 코 앞에 있었다.
조금만 가면 조선 땅 국경선이라 했다.
백암봉에서 천지 수면으로 내려갔는데
거기가 중국 땅인지 조선인지 불분명했다.
중국과 조선은 우호국이다. 그들의 국경은
휴전선을 생각했던 나를 혼란스럽게 했다.

처음으로 6호 경계비까지 갔다.
좀참꽃들만 비석 주위에 흐드러지고
지뢰나 철조망같은 것은 아예 있지도 않았다.
"넘어가면 안 된다." "넘어오지 마라."
그런 거 조차 써 있지 않은 맨 꽃밭이었다.
총을 든 군인들이 눈을 부릅뜨고 서로를
죽이겠다고 총을 겨누고 있지도 않았다.
한쪽에는 조선, 한쪽에는 中國이라 씌여진
자그마한 비석 하나가 아름답게 서 있었다.
나는 그때 거기서 불쌍한 내 조국을 생각했다.
나는 늦었지만 그날부터 내 나라의 역사와
내 민족의 앞날을 생각하기 시작했다.

술패랭이들. 사는 곳에 따라 조금 다르다.

복수초 ▶ 어떤 바보가 응달에 남은 잔설을 퍼다가 꽃 위에 뿌려 놓고 기다리는 걸 나는 보았지.

복수초 ▶ 복받으라고 오래 살라고 福壽

억지로 눈을 뚫고 나온 게 아니다.
봄마중하러 나왔다가 잘못된 날씨에
福壽草들은 눈을 잔뜩 뒤집어 쓴 거다.
이른 봄, 아직 채 녹지 않은 땅에서
싹을 틔우는 것은 사실이지만 꽃들은
서두르거나 자연을 거역할 줄을 모른다.

좀 이르긴 하지만 따뜻한 봄날을 찾아
낙엽들 틈에 복수초는 노란 꽃을 피운다.
그런데 꽃샘추위나 때늦은 이상 저온으로
봄눈이 내릴 때가 있다. 그러면 그들은
꽃잎을 오무리고 숨을 죽여 기다리고
눈송이들은 조심스레 복수초들을 덮어준다.

그리고 눈이 그쳐 햇님이 얼굴을 내밀어
꽃들 주위를 녹여주면 그들은 다시금
꽃잎을 열고 활짝 웃는다. 그걸 보고
사람들은 눈을 뚫고 나왔다고 착각한다.
그것은 자연을 잘 모르는 틀린 생각이다.

까치 두 마리 꽁지방아 찧던 이깔나무 숲
고산화원에는 오월에야 복수초가 핀다.

복수초 ▶ 復讐하려는 게 하니다.

하늘매발톱꽃 ▶ 얼큰. 3등신도 못 되지만 이쁘다.

"풍속 제로, 바람없이 맑겠습니다."
그것은 기상관측 용어일 뿐이다.
알릴듯 말듯 꽃을 흔들어대는 바람은
풍속계가 감지 할 수 없는 만큼이다.
렌즈와 매발톱꽃과의 거리는 약 30cm.
숨조차 쉬지 못하고 파인다에 집중한다.
아래에서 윗쪽으로 기계를 설치하면
낮게 엎드려 코를 땅에 박아야 한다.
적을 향해 총을 겨누듯 하는 긴장감.
그러나 바람과의 대결은 아니다. 대화다.

키는 꺽실하고 머리는 무거워서
매발톱꽃의 흔들림은 유난히 야단스럽다.
그래도 바람은 어느 때인가 멎는다.
바람은 잠시 쉬어 가는 때가 있다.
바람이 다리쉼을 하던지 그런 때를 틈타
조리개를 열고 닫으며 모터드라이브는
서른 몇 장의 필름을 단숨에 돌려 버린다.

바위에 뿌리 내린 강인한 삶을 존경하며
또다시 새 필름으로 갈아 끼운다.
짜요! 짜요! 하늘매발톱꽃.

매발톱꽃 ▶ 입맛 귀맛 만큼이나 중요한 맛이 눈맛이다.

누른매발톱꽃 ▶ 요새는 눈맛을 찾아 고산화원까지 오는 이들도 있다.

우리는 음식맛이 좋은 식당을 찾아
먼 데까지도 간다. 입맛을 위해서다.
우리는 좋은 귀맛을 찾아 음악회에 가고
큰 돈을 들여 고급 음향기기를 구입한다.
손맛을 위해 낚시를 하는 사람도 있다.

입맛 귀맛 만큼이나 중요한 맛이 있다.
조금은 낯선 말이겠지만 눈맛이다.
눈요기라는 말이 있다. 눈으로 요기한다.
보기만 해도 배부르다는 그런 뜻이다.

우리가 사는 세상의 아름다움을 확인하고
재발견해서 표현하는 일이 사진이다.
사진가는 보통 다른 사람들보다 눈맛을
더 즐길 줄 아는 사람이기도 하다.

음악을 들을 줄 모르는 청각장애인.
눈 뜨고도 아름다움을 느낄 줄 모르는
불쌍한 시각장애인들 의외로 많다.
사진쟁이는 시각장애 때문에 불행한
그들을 구원해 줄 의무를 갖는다.
혼자서만 좋은 거 보고 다니면 안 된다.

노랑만병초 꽃눈 ▶ 영하 50℃, 그들은 맨몸이다.

1999년에서 2000년으로 넘어간다고
온 세상이 들썩거렸다. 예수 탄생 2000년.
예수쟁이도 아닌 사람들도 덩달이처럼
밀레니엄 어쩌구 하면서 시끌벅적 요란했다.
나도 조금은 설레는 마음으로 산에 올라
천지 가운데에 텐트를 치고 새해를 맞았다.
그해는 소한 추위가 유난히 매서워서
영하 오십 도를 재는 온도계도 죽어 버렸다.
한낮에도 얼어터질까 겁나서 사진기를
못 꺼내고 주춤거렸다. 그 무서운 추위 속에
우리 캠프가 죽음처럼 모두 얼어버렸다.

그런데 눈 속에 뾰족이 얼굴을 내밀고 있는
노랑만병초 꽃봉오리들. 혹독한 바람에
습기까지 잔뜩 머금어 꽁꽁 얼어 있었다.
저들이 이 극한 상황을 이겨내는 힘은
어디에서 오는가. 눈이불이 솜이불보다
얼마나 포근하고 따뜻하길래 저 여린 것들이
이 추운 밤들을 지내고 좀 있다가 올 눈부신
봄날에 온 산을 눈보다 하얗게 덮어버리는가.

참으로 알 수 없는 자연의 힘이다.

노랑만병초 ▶ 눈이불 이외의 월동대책은 없다.

쥐오줌풀 ▶ 어떤 놈이 쥐오줌 냄새를 맡아보고 이름지었나.

처지 산천어 ▶ 회 먹어도 별로 맛있지 않다

1984년.
무포에서 잡은 100여 마리의 산천어를
천지에 놓아주었다. 이 산천어들은 다른
강에서 보다 잘 자랐으며 알을 많이 낳았다.
지금 백두산 천지에는 수천 수만 마리의
산천어들이 떼지어 사는데, 30~50cm까지
자란 게 많다. 천지의 특수한 수문학적인
조건과 생태학적 환경에 완전히 적응된
이 물고기들을 천지산천어라 부른다.
이상은 로동신문의 발표다.

1989년.
육지에서 까치를 붙들어다 제주에
강제 이주시킨 몰지각한 자들이 있었다.
천적이 없는 그 새들은 지금 엄청난 숫자로
불어나 온 제주의 생태계를 파괴하고,
교란시키며 휩쓸고 다녀서 온통 난리다.
생태계는 인간이 건드리는 게 아닌데
까치도 산천어도 잘못 옮긴 거 같다.

민족의 영산이요, 혁명의 성산이라며
천지를 양어장으로 만든 사람들. 바보들.

백두산 원경 ▶ 지나다 우연히 찍은 사진이라고 생각하면 안 된다

나 이제 죽는 날까지 고산화원에 산다.
내 조국에 돌아가서는 삼각산을 위해 산다.
그러다 나 어느날 고산화원에서 숨지면
중국 어떤 병원 학생들에게 주어라.
그러다 나 삼각산에서 행복하게 숨지면
거기 어디 가까운 병원에 주어라.

평생 사진 밖에 모르다 죽은 자.
그놈의 오장칠보는 어떤가 빙 둘러서서
들여다 보고 필요한 사람 있으면 떼어주고
나머지는 불태워 가루내어 삼각산 풀섶이나
고산화원 숲 속에 아무렇게나 날려다오.
비석이나 봉분에 짓눌리면 여기저기 신나게
내맘대로 날아다닐 수도 없을 터이니
그런 거 없이 그냥 바람따라 뿌려다오.

빨간 열매 두 알. 힘들여 만든 열매 두알.
어느 산까치의 먹이가 되는 날 기다리듯
나도 일 마치고 뜻있게 가는 날을 기다린다.

본인이 하늘의 부름을 받는 날.
빛의 전화로 연락주십시요. 1588-1589.

조선까치밥나무 ▶ 평생 사진 밖에 모르다 죽은 자. 그놈의 오장칠보는 어떤가.

담자리꽃나무 ▶ 천지에 산그림자 하늘그림자 비치는 날 일년에 열흘쯤이나 될까.

담자리꽃나무 ▶ 고산의 정상 부근에 나는 소관목

담자리꽃나무 ▶ 꽃잎은 여덟 장, 꽃받침도 여덟 장

천지가 내려다보이는 능선에 납작 엎드려
담자리꽃나무들이 떼를 지어 피어난다.
키라고는 커봐야 엄지 한두 마디쯤 될까?
그래도 자존심은 풀이 아니라 나무라고
꽃은 십원짜리 동전만큼씩이나 크다.

그꽃들은 어느날 바람을 타고 한꺼번에
어디론가 날아가 버린다. 질 때가 아름답다.
누추한 꼴을 보이지 않고 갈 때를 잘 안다.
그래서 피어 있을 때 더욱 고귀하다.
바람에 꽃잎을 날려보내며 서럽지 않다.
좀 있으면 씨마다 모두모두 낙하산을 펴고
멀리 멀리 신나는 여행을 떠날 테니까.

나도 일할 수 있을 때까지만 살고 싶다.
나의 일을 끝내고 담자리꽃나무 씨앗처럼
훨훨 하늘 끝으로 여행을 떠나고 싶다.
그런 죽을 복이 나에게 있으면 참 좋겠다.

나는 격식에 억매이지 않으려고
평생 한번도 넥타이를 매지 않고 살았다.
서툴지만 그냥 바람처럼 물처럼 살려 했다.

오미자나무 열매 ▶ 자손에게 하늘이 주신 열매 나에게 하늘이 주신 사지 눈이 밤에 개였으며 모 찌었을 사지

기억도 흐릿해지고 촬영일지에도 제대로
정리되지 않아 정확하지는 않지만
1990년대 초쯤인듯 하다.

아직도 잔설이 깊게 남아있는 4월 중순.
사냥꾼과 함께 멀리 백두산이 보이는
산등성이에서 둘이 같이 밥해먹고 살았다.
나는 백두산의 먼 모습을 한 장 찍겠다고,
그는 곰이나 멧돼지를 한 마리 쏘겠다고.

그런데 어느날, 총을 메고 나갔던 그가
짐승들 눈에 뜨이지 않고 용케도
해를 넘긴 오미자 덩굴을 걷어들고 왔다.

그 보석처럼 빛나는 오미자를 보고
나는 새짐승, 들짐승들보다 더 좋아했다.
그 주렁진 열매들은 겨울을 지내면서
더 투명하게 빛나며 싱싱하게 살아 있었다.
캠프 앞 나뭇가지에 걸어두고 광선이 좋은 날
좋은 시간에 사진을 찍자고 며칠을 기다렸다.
그러던 어느날 밤. 사르륵 사르륵 텐트의
물매를 타고 흐르는 눈 소리가 들렸다.

탐스런 눈 속에 박힌 빨간 보석들.
역광으로 들어오는 부드러운 아침햇살로
신나게 소리를 지르며 셔터를 눌러댔다.
사냥꾼도 덩달아 신나서 나를 도와주었다.
함께 지내다보니까 사진쟁이와 포수는
여러모로 닮은 데가 있다는 걸 알게 되었다.
그와 나는 물을 뜨러 갈 때에도
언제나 카메라와 총을 가지고 간다던지
바람이 불어오는 방향이나 구름의 두께에
많은 관심을 가진다던지 그런 것들.
나는 사진을 못 찍고 그는 짐승을 못 잡고
그런 때가 많은 것도 서로 비슷했다.

반 달을 함께 살면서 날마다 조금씩 조금씩
그를 설득해나갔다. 짐승을 잡지마라.
생계를 잇기 위한 天職도 아닌데 재미로
남의 귀중한 목숨을 빼앗으면 안 된다.

쪼글쪼글. 약간은 발효가 되었을 그 열매들.
산짐승들에게는 그것이 밥이고 술일테니까.
그냥 거기 두고 내려가자고 그가 그랬다.
이제 다시는 총을 안 쏘겠다고 포수가 그랬다.

113

이도백하 상류 ▶ 이 세상에서 제일 맛있는 물을 마시고 사는 이도백하 사람들, 부럽다.

금낭화/부전나비 ▶ 어린 것들이 벌써 사랑에 빠지려나?

천지물은 장백폭포로 넘쳐나서 二道로
힘차게 맑고 청량한 물을 흘려 보낸다.
이도백하진을 지나 一道와 三道의 물과
만나면 거기서부터 강의 모양으로
세력을 넓혀 송화강이 된다.
송화강은 길림성 하얼빈을 지나면서
흑룡강과 합수되어 그 이름은 없어진다.
천지물을 흡수한 흑룡강은 중·소 경계를
이루며 흘러가다가 우수리강을 만나며
러시아로 흘러들어 동해바다로 들어간다.
장백폭포로 떨어진 물줄기가 두만강이라고
잘못 생각하는 이들이 많은데, 아니다.

나는 나의 사진에 군더더기를
조금이라도 붙여두고 싶지가 않다.
억세게 자연과 더불어 살고 있는 꽃들의
아름다운 삶을 단순하게 표현하고 싶다.

금낭화는 백하림업국 어느 집 화단에서
개양귀비도 두 달 후 그 집에서 찍었다.
애지중지 보살핌을 받는 그 꽃들은 벌써
야생의 냄새를 잃어버린듯 했다.

개양귀비 ▶ 이 꽃들은 벌써 야생의 냄새가 나지않는듯 했다.

115

구름국화 ▶ 개성에서부터는 나의 산 삼각산이 보이기 시작한다. 거기서 내 작업실 파주까지는 40km. 반 시간.

오늘도 미리내를 가로질러
가파른 산길을 펄펄 뛰어 올라간다.
사는 게 신나고 일이 너무 좋아서
벌써 열흘 넘게 매일 새벽 한 시 출발이다.
우불구불 산길을 따라 5호 국경선 넘어
동쪽으로 푸릿하게 밝아오는 천지로 내려간다.
산을 찍자는 거다. 꽃이나 찍자함이 아니다.
오늘 하늘은 어떤 빛깔을 하고 있을까?
또 무슨 꽃들이 나와 만나려 기다릴까?
밤중에도 잠 못 들어 자꾸만 밖에 나가
별을 찾아본다. 졸리운 줄도 모르고 좋아한다.
하루도 거를 수 없는 나의 일이요, 삶이다.

7월 초 천지 물가에 핀 구름국화 몇 송이
그 뒤쪽으로 제비봉도 장군봉도 보인다.
그 너머엔 삼지연도 개마고원도 있겠지….
촬영 끝나고 내 차로 간다면 평양은 잠깐이다.
옥류관으로 장건철, 리학수 동무들 불러내서
랭면 곱배기 얻어 먹고 개성 가면 저녁이다.

개성부터는 나의 산 삼각산이 보이기 시작한다.
거기서 내 작업실 파주까지는 40km. 반 시간.

구름국화 ▶ 구름도 머물다 가는 높은 산에 살아서 구름국화다.

금강초롱 ▶ 그래, 초롱이기 보다는 종에 가깝다. 울려라, 울려. 남에서도 북에서도. 통일의 종아. 힘차게 울려라.

여기서 조금만 더 가면 금강산이건만
아무 말 못 하고 돌아섰네. 산도 말이 없었네
구름바다에 배를 띄워 종을 울리고 싶다.
구름이 제 멋에 흩어지니 배는 못 띄우겠네.

고개만 숙이고 살았는가. 금강초롱아.
이제는 뭐라고 말해야지. 종을 울리려무나.
금강산에도 설악산에도 종을 울리려무나.
흩어진 구름아, 모여 보자. 큰 배를 띄워 보세나.

'위대한 예술가 동지' 흔돌 이 초롱을 종으로
생각하며 만들어 노래한 **"금강초롱"**이다.
금강산, 설악산의 종들이 한꺼번에 울려주는 날,
그날이 바로 통일의 날이 아닐까? 그의 생각이다.

"우리의 소원은 통일. 꿈에도 소원은 토-옹일."
날마다 돼지 멱따는 소리로 노래 불러대지만
그들에게 왜 통일을 해야 하느냐고 물으면
정확하게 시원스레 답을 내줄 사람은 드물다.
십여 년쯤 학교에서 배운 건 위정자들을 위한
집권 연장용의 반공교육뿐, 통일교육은 없었다.
그래서 이제는 통일을 해서는 안 된다고 우기는
얼빠진 놈들, 불쌍한 놈들이 많아졌다.

나도 천지 건너의 조선땅을 마주 보기 전에는
통일에 대하여 생각조차 해볼 수가 없었다.
통일 후의 경제·정치의 어려운 문제도 잘 모르는
나는 환상적인 통일론자일 수 밖에 없지만
마주 서서도 얼굴조차 몰라보는 부모와 자식.
스무 살에 혼인해서 한 달만에 헤어진 색시에게
엽서 한 장, 사진 한 장 못 보내고 죽어가는 저 노인,
그들을 위해서 우리는 무슨 일이라도 해내야 한다.

국권의 단일화, 경제권 통합, 민족문화의 융화.
그 난관을 극복하고 우리가 통일을 해낸다면
우리는 7천만, 세계13위의 인구가 되어
내수시장은 확대되고 국제경쟁력은 향상된다.
남북쪽 200만 병력은 산업역군으로 돌려서
낭비되던 민족의 힘은 민족 번영의 원동력이 된다.
민족의 힘은 겨루는 게 아니다. 모으는 거다.
누가 이기고 지는 게 아니다. 혁명도 해방도 아니다.
우리는 뿌리 깊은 동일문화를 가진 단일 민족.
꿈에나 그리던 통일이 아니다. 이제는 현실이다.
누구나 내 차로 유럽도 가고 아프리카도 갈 수 있다.

울려라, 힘차게. 통일의 종. 초롱아, 금강초롱아.

두메양귀비 ▶ 백두산 특산종. 마약 효과 전혀 없음. 탐내지 마라, 중독자들아.

두메양귀비 ▶ 이제 너무 늦어 씨를 맺기 어렵겠지만 그래도 최후까지 최선을 다하라.

백운봉 후면 ▶ 거위목을 하고 고산화원 여기저기를 아무리 둘러봐도 사람이 다닌 흔적을 찾아볼 수가 없었다.

내가 처음 백운봉 뒤컨에 갔던 94년 여름.
거위목을 하고 아무리 둘러봐도 사람이 다닌
흔적이 없었다. 그런데 이제는 청석봉 넘어
백운봉, 용문봉을 거쳐 소천지 꽃덤불능선까지
아주 큰길이 걸레처럼 나 버리고 말았다.

산을 좋아한다는 사람들이
종주등반이라는 이름으로 줄을 서서
꽃을 좋아한다는 사람들이
야생화트레킹을 한다고 떼를 지어서
솜방망이도 짓밟아 버리고 산돼지, 노루,
토끼들의 삶의 터전을 헐어내고 제 동네처럼
대대적인 토목공사로 큰길을 내 버리고 말았다.

2006년 9월 2일. 나는 백운봉을 넘으며 투덜댔다.
"어떤 놈들이 산을 이렇게 망가뜨려 놨어?"

그런데 그날, 밤길에 하산하며 퍼뜩 정신이 났다.
종주등반을 하자고 열 명씩이나 앞세웠던 놈.
그 어떤 놈은 안승일이란 놈. 바로 나 아닌가?

아, 어쩌란 말인가, 이 혼돈을 정리할 수가 없네.

기린초/여름어리표범나비 ▶ 나비를 잡아다 반쯤 죽여서 올려놓고 찍는 나쁜 새끼들이 아직도 있는가?

사진은 피사체가 받는 빛의 각도에 따라
순광, 역광, 사광으로, 해의 위치에 따라
그 표정이 아주 여러 모양으로 달라진다.
아침, 한낮, 저녁. 촬영시간에 따라
색온도의 변화로 그 꽃의 이미지는 전혀
다르게 표현된다. 색감 표현이 달라진다.
촬영시간과 꽃을 보는 각도는 꽃을 어떻게
찍을까 하는 사진가의 의지로 결정된다.
빛은 사진가의 의도에 따라 색으로 재현된다.
또한 같은 꽃이라도 촬영하는 거리에 따라
그 꽃의 인상도 크게 달라질 수 있다.

근접촬영이라고 접사렌즈만 사용하면
개성있는 사진을 얻기가 어려울 것이다.
초광각렌즈로 꽃과 풍경을 함께 연출하고
망원렌즈로 박력있는 화면을 구성한다.
같은 기린초, 생각에 따라 사진도 달라진다.

높고 큰산을 대할 때의 감동도 크지만
마크로렌즈로 꽃의 속마음을 들여다볼 때도
그 섬세한 자연의 숨결은 경이로울 것이다.
그 감동은 쉽게 잊지 못할 것이다.

기린초 ▶ 왼쪽 사진과 같은 꽃, 같은 시간, 같은 나비, 같은 사람 촬영.

두메부추 ▶ 이른 봄, 한뼘쯤 자랐을 때 데쳐서 돼지고기 둘둘 말아 먹으면…, 중국돼지고기, 중국술, 최고다.

산꼭대기에서 여러날을 살아내려면
먹거리가 큰 문제다. 먹고 살기가 힘든다.
겨울에는 그런대로 쉽다. 산이 냉장고니까.
돼지고기와 김치만 잔뜩 지고 올라가도 좋다.
눈을 녹여 김치찌개 날마다 해도 질리지 않는다.
요리하기도 아주 쉽다. 눈이 계속해서 내리면
좁은 텐트 속에서 김치전도 하고 만두도 빚는다.
눈이 개이기를 기다리며 요리를 즐긴다.

여름에는 모든 음식이 썩어서 어렵지만
빗물 받아 수제비나 칼국수까지도 해 먹는다.
마른조개나 멸치로 육수를 낸다. 미원 안 쓴다.
열흘쯤 안 씻은 손으로 음식은 나 혼자 한다.
다른 동무들은 침만 삼키고 구경만 한다.
사진은 나의 직업이고 요리는 나의 취미다.

고산화원 전체가 청정한 나물밭이다.
두메부추뿐이 아니다.뭐든지 다 뜯어 먹는다.
홍경천으로 차를 내리고 후식은 다래나 들쭉.
하늘나라에서 황혜성, 왕준련 천사님들 출장요리
오시면 몰라도 산 위에서는 안승춘이나 한복려보다
내가 더 요리를 잘 한다. 잘 먹고 잘 살 수 있다.

두메부추부추/박각시 ▶ 박각시 작업들어가는 중.

고수(샹차이) ▶ 내가 고수 맛을 알아버렸다. 我喜歡吃放香菜的中國料理. 我愛中國.

옛날부터 전해내려오는 속담에 있다.
"중이 고수맛을 알면 절간을 못 떠난다."고
그런데 내가 그 고수맛을 알아버렸다.
그러면서 중국이라는 나라에 빠져들었다.
고수는 샹차이다. 샹차이는 香菜다.
본토요리는 이 노린내를 향료로 많이 쓴다.
보통 한국사람들에게는 공포의 대상이다.
그 이상한 냄새 때문에 식당조차 무섭다.
나도 처음에는 그랬다. 그 냄새가 역겨웠다.

중이 고기맛을 알면 절간의 빈대를 어쩐다구
나는 언제부턴가 그 노린내에 맛이 들여져
샹차이를 중국사람들보다 더 좋아한다.
중국을 중국사람보다 더 좋아하게 되었다.

어느해 겨울 오천여 년 중국의 문화를 따라
고대문명의 발상지인 장강에 배를 띄워
며칠 동안 흘러내려온 적이 있다. 그 강을
막아 인간능력의 한계를 시험이라도 하듯
세계최대의 물막이공사 삼협댐 현장을 보고
지난 오천 년의 중국문명과 이제부터 나아갈
중국의 미래를 상상하는 게 어렵지 않았다.

씰크로드, 비단길을 따라가 보련다고
시안에 들렀다가 병마용박물관을 보았다.
세계에서 제일 크다는 진시황의 지하왕국.
실물크기의 도기로 만든 수천의 병사와 전차.
그 진용은 또 한번 놀라운 중국을 생각케 했다.

오대산, 태산, 황산, 화산, 아미산, 루산….
백두산 고산화원도 十大名山 중의 하나다.
구름을 타고 天上天下를 넘나드는듯한
황홀함으로 나는 십대명산을 유람질했었다.
황산의 천상누각에서는 선녀를 만났고
아미산 3000m절벽에서는 부처님을 뵈었다.
내가 죽어 다시 태어난다면 십대명산을
사진찍는 중국사람이 되어도 좋을듯 했다.

관우, 유비, 제갈량, 공자, 맹자, 그들의 후손.
조상들의 유전인자를 몸에 지닌 중국 사람들.
그 끝없는 지혜와 인내심은 중국이 세계의
문화, 문명, 경제의 선두주자가 될 것이다.
수백 년을 小中華가 되고 싶어 했던 조상의
피를 받은 어느 사대주의자의 넋두리인가?
我喜歡吃放香菜的中國料理. 我愛中國.

通天河라고도 하고 승사하라고도 한다.
천지의 맑은 물은 통천하로 흘러내려
장백폭포로 해서 송화강으로 흘러간다.
천지물이 동쪽으로 가면 두만강이고
서쪽으로 흘러 압록강이 된다고 우리는
학교에서 배워 아직도 무식한 이들이 많다.

중공군의 6·25 참전 대가로 김일성이 천지의
반을 중국에 넘겨주었다고 김 주석을 원망한다.
서로를 괴뢰라고 욕하고 그 통치자를 나쁜 놈들로
몰아야 했던 우리 민족의 부끄러운 지난날이다.

1712년 장군봉에서 30리 남쪽에 정계비가 세워져
국경이 정해지고 중국의 속국으로 살던 조선은
천지의 소유권 주장은 생각조차 못했다.
그런데 1964년 3월 2일 베이징에서 체결한
조중변계의정서의 천지 분할 규정에 따라
천지의 54.5%가 조선으로 편입되었고
장군봉에 주둔하던 중공군은 철수했다.

주은래와 김일성의 변계의정서가 아니었으면
天池는 영원히 중국땅이었을 지도 모른다.

통천하 ▶ 천지물은 압록강 두만강으로 가지 않는다.

1900년경, 북미에서 일본을 통해
우리나라에 들어와서 사는 귀화식물이다.
일본이 조선에 철길 놓는 침목에 붙어왔대나?

1910년 8월 29일. 조선이 망한 날.
우리는 이 치욕의 날을 잊으면 안 된다.
남이 시켜준 해방, 광복절보다 뜻깊은 날.
기념식도 크게 하고 弔旗도 달아야 한다.
쪽팔린다고 숨기면 또 당할 수도 있다.
우리 모두 온 국민이 거시기해야 한다.

1910년에 이 꽃이 유난히 많이 피었다는데
저놈 때문에 나라가 망했다고 비열하게도
이 예쁜 꽃에게 누명을 씌워 개망초라 했다.
조선을 침략한 일본놈들은 나쁘다.
침략을 당했던 조선놈들은 더 나쁘다.
그러니까 이 꽃은 무죄다. 죄 없다.
망초도 아닌 개망초라니 이름조차도 억울하다.
이 꽃을 북녘에서는 돌잔꽃이라 한다던데
우리도 같이 돌잔꽃이라 하면 안 될까?

잊지말자. 國恥日! 상기하자. 팔이구!

개망초 ▶ 조선에서는 벌써 돌잔꽃이라고 이름을 바꾸어 호적에 올려 주었다.

꼬리조팝나무/황알락그늘나비 ▶ 이 나비는 오늘밤 이 꽃에서 하룻밤 묵어가며 무슨 사연을 남겼을까?

어떤 카메라로 꽃을 찍으면 좋겠냐고
인생상담처럼 물어오는 사람들이 많다.
약간의 유리와 쇠붙이로 구성된 기계.
카메라는 그냥 차가운 도구일 뿐이다.
그놈은 느낌도 없고 철학도 없다.

별 생각없이 카메라의 성능에 의존해서
기술로만 찍는 사진은 생명없는 사진이다.
사진, 어떻게 찍을 것인가? 그보다는
사진, 왜 찍는가? 그것이 훨씬 더 중요하다.

박인식에게 물어보자. 내가 준 몽블랑 만년필이
그 힘차고 멋진 글을 써주더냐고. 마찬가지다.
사진도 기계가 아니라 사람의 마음인 것이다.

나는 아직 중형 카메라로 꽃을 찍는다.
물론 소형 카메라에 비해 기능은 떨어진다.
대신에 고화질의 선명한 화면을 얻는다.
현상 후에 보는 맛도 시원스러워 좋다.

그래도 이번 봄부터는 나도 세월을 따라
돼지털 카메라를 한 대 구해야 할 것 같다.

붉은대민들레/상제나비 ▶ 박인식에게 물어보자.

고산홍경천 ▶ 고철기하고 안의호가 자일을 잡아 주어 벼랑에 매달려 찍었는데 평지처럼 나왔다. 초광각렌즈의 사용이 미숙했기 때문이다.

초원을 달리는 화려한 꿈을 저버린 놈.
사랑을 찾아 달밤을 울어짖는 낭만도 잃은
그놈은 이미 늑대이기를 포기한 놈.
철창 안에서 이름표를 달고 사료나 축내는
그놈도 이미 무늬만 호랑이다. 그렇듯.

식물원의 꽃들은 벌써 야생화가 아니다.
인간에게 보호되면 野性은 사라지고 만다.
재배되고 있는 꽃은 꿈을 잃은 슬픔이다.
절벽에 매달려 바람에 시달리며 끈질기게
피워낸 그 꽃들은 빛깔조차 다르다.
당신이 진정한 야생화 사진을 하려면
그 꽃들의 행복한 표정을 찾아내야 한다.
울타리 안에 줄 맞추어 반듯하게 늘어선
그 꽃들이 왜 불행한지 알아야 한다.

당신이 신념 가득찬 들빛사진가로 되려면
표본실 같은 식물원 근처를 기웃거리지 말고
계곡 깊숙이, 벼랑끝, 산등성이를 넘어서
환하게 피어나는 들꽃들을 찾아 나서라.
며칠을 헤매더라도 당신 가슴을 쿵덕쿵덕
뛰게 하는 행복한 꽃 한 송이를 만나라.

줄대아재비 ▶ 꽃보다 열매가 예쁘다.

배드사 ▶ 7월 중순 이깔나무는 푸르르데 잔설은 아직도 깊다

등칡은 내가 좋아하는 음악가
길옥윤이 연주하던 쌕스폰을 닮았다.
치과의사의 길을 스스로 마다하고
음악을 하러 일본으로 밀항했던 그 열정.
그래서 나는 그의 음악을 좋아한다.
차가운 금관악기를 타고 흘러나오던
그 따뜻한 음향과 한 인간의 예술 세계.
등칡을 보면 언제나 음악을 듣는 듯 하다.

나 어릴 때는 내 나라에서 사진을 공부할
방법을 찾을 수가 없었다. 그래서 일본으로
도망가려고 죽기살기로 일본말을 배웠다.
고등학교 졸업하던 해에 부산의 부둣가를
어슬렁거리며 밀항선을 타보려 했지만
용기가 없었다. 세번째도 자신이 없었다.
오오무라 수용소까지도 못가고 말았다.

고산화원에서 등칡을 사진 찍으며
용기없는 나의 인생을 잠시 생각했다.
그때 일본으로 갔으면 내 사진 인생은
어느쪽으로 방향을 잡았을까.
지금쯤 어디까지 가고 있을까.

등칡 ▶ 금관악기보다 더 음악적이다. "1990년 정아는 스물한 살……."

장백고원 ▶ 압록강에서 넘어온 물안개. 깊이를 알 수 없다.

오늘은 하루에 사진을 두 장이나 찍었다.
그러니 술 한 잔 안 할 수가 있겠는가.
십년지기 류궈차이 동무도 덩달아 신나서
나에게 배운 김치찌개를 한냄비 끓였다.
중국사람이 끓인 한국식 김치찌개가 고맙고
너무 맛있어 고향생각하며 또 한 잔 했다.

새벽 두 시쯤 차로 장백현을 출발해서
압록강을 거슬러 천지로 오르는데,
강변 물안개가 고산화원으로 넘쳐난다.
이제 마악 잠에서 깨어나고 있는 고원의
나무들을 감싸고 흐르는 깊이 모를 안개들.
삼각대도 못 펴고 서둘러 셔터를 눌렀다.
그리고 잠시 후에는 수없이 많은
보석들로 장식된 물싸리꽃을 찍을 수 있게
안개가 걷히면서 태양이 얼굴을 내밀었다.

그렇게 하루에 사진을 두 장이나 찍었다.
그래서 독한 중국술 두 근쯤 마시고
아주 기분좋게, 알딸딸하게 취해 버렸다.
그래도 마음을 잠시라도 풀어헤치면 안 된다.
내일 새벽 두시에는 또 산에 가야 하니까….

물싸리 ▶ 이제 막 잠에서 깨어나고 있는 꽃들, 나무들.

좀참꽃 군락 ▶ 겨울 내내 바람에 날리워 골 깊이 모인 시커먼 눈덩이들은 8월까지도 안 녹는다.

산 아래는 벌써 신록이 무성한 유월 중순.
산 위에는 아직 여기저기 잔설이 남아있다.
겨울 내내 바람에 날리워 골 깊이 모인
시커먼 눈덩이들은 8월까지도 안 녹는다.
그 두터운 눈덩이를 녹여내는 것은
지열이며 바람이며 빗물이며 햇볕이다.
그 모두들이 힘을 모아 봄을 만들어 간다.

고산화원의 괭이눈은 유월 하순부터
잔설에서 흐르는 습기를 먹고 핀다.
그들은 습기를 좋아하는 꽃인가 보다.
그런데 어떤 때는 바위 틈이나 화산재의
극도로 건조한 거품돌 사이에서도 씩씩하다.
땅이 보이지 않을 정도로 무리를 이룬다.

고산화원의 괭이눈은 잎조차 노랗다.
그래서 잎까지 꽃으로 착각할 수도 있다.
마이크로렌즈로 자세히 들여다 보면
네 장의 꽃잎이 고양이의 눈처럼 귀엽다.
도둑고양이 눈처럼 섬뜩한 느낌이 아니다.
철없이 장난치는 어린 고양이 눈빛.
누가 지었나. 예쁜 이름, 괭이눈이라고.

괭이눈 ▶ 꽃받침조차 노란색이어서 꽃잎으로 착각할 수 있다.

노란만병초 ▶ 끝이 없다. 끝이 없다. 시작도 없다. 시작도 없다. 고산화원―

아주 오래 전에 사진을 배운다고
찾아온 어떤 놈이 있었다.

짐을 잔뜩 지워 산에 데리고 가서
텐트 지키게 하고 물 떠오고 밥 시키고
며칠 그냥 그렇게 살다가 내려왔다.
"선상님, 왜 사진을 안 찍습니까?"
"야, 이눔아. 찍을 게 있어야 찍지."

다음번에도 산에 가서 또 그랬다.
산에 사는 게 재미가 없고 힘들었던지
몇번 그러다 그냥 그놈은 가버렸다.
그의 서두르는 마음으로는 제대로
사진을 할 수 없겠다고 나는 생각했다.
사진을 배우는 데 평생을 바칠 수 있는
그런 人間이 못 될듯 했다.

먼저 산을 알고, 꽃을 알고, 빛을 알고
왜 사진을 하는가도 알고 난 후에
카메라를 알고 필름을 넣어야 하는데

조급해 하다가 일년도 못하고 그냥 갔다.

족도리풀 ▶ 족도리풀이 스무 가지쯤 되는데 네 이름은 뭐니?

족도리풀.
넓은 잎 아래 숨은 듯 피어난다.
땅색의 꽃이 땅에 없는 듯 피어난다.

사진을 찍으려면 코를 땅에 박아야 한다.
불룩나온 배를 땅에 찰싹 붙여야 한다.
그럴 때면 언제나 땅냄새를 맡는다.
부드러운 흙의 숨소리를 듣는다.

나, 일 끝내고 떠나면 아직 쓸모 있는 데는
필요한 사람들에게 모두 나누어 주고
나머지 껍데기는 불태워 재로 만들어서
향기로운 흙 속에 스며들겠지.
흙과 함께 숨쉬러 흙으로 돌아가겠지.

화인다 들여다보다 힘들고 지칠 때
내가 돌아갈 포근한 땅에 뺨 부벼 본다.
大地의 부드러움과 향이 온몸으로 온다.

연영초 ▶ 당신도 나를 기다리고 있었나요?

마음이 흐트러지면
바늘땀도 비뚤어진다고 했다.
사진도 그렇다. 셔터를 누를 때는
고도의 집중력을 요하는 작업이다.

사진이 될 만한 꽃을 찾아 숲을 헤매다가
마음에 드는 꽃 한 송이라도 만나면 말을 건넨다.
"당신도 나를 기다리고 있었나요?"
우리는 서로 외로움을 타기 때문이다.

잎이 넓고 꽃조차 우아한 연영초,
지독한 화장품 냄새를 피우지 않는 참한 얼굴.
전혀 꾸미거나 장식을 하지 않아 단아한 여인이
두 팔을 벌려 나를 맞아주는듯 하다.

그녀와의 첫번째 눈맞춤. 촬영이 끝나면
우리는 훨씬 더 친해져 있을 것이다.
연지 안 바른 당신 그 입술에 입맞추고 싶다.

바위돌꽃 ▶ 뿌리는 어디까지 파고 들었을까? 바위를 쪼갤 수도 있겠지.

나는 돌밭이나 바위 틈에 뿌리를 박고
강인하게 피어나는 꽃들을 만나면
무조건 좋아한다. 무조건 존경한다.
지독한 태양열에 달궈진 암벽의 복사열과
계속되는 가뭄의 극단적인 갈증을 참고
모질게 불어대는 미친바람도 견디고
피할 수도 숨을 수도 없는 극한 상황을
극복해내는 그 여린듯 강한 생명들.
그들에게 우리 모두 기립박수를 보내자.

그들의 삶을 한번쯤 생각해보자.
아름다운 꽃을 피우고 열매를 맺느라
바위 틈의 악조건에서 열심히 물과 양분을
만들어 보내는 뿌리들, 숨은 일꾼들.
우리 사는 세상에도 그런 이들은 있다.
자기를 내세우려 하지 않고 묵묵히 뒤에서
어려운 일을 해내는 아름다운 사람들.
진정으로 기립박수를 받아야 할 그들이다.

누가 꽃이 되기를 바라지 않겠는가.
우리 세상을 꽃 피울 뿌리같은 사람들
그들 덕에 우리는 숨쉬며 살 수 있다.

바위솔 ▶ 솔방울을 닮아서 바위솔.

금매화/병대벌레 ▶ 이 좁은 나라, 갈라져서 반쪽된 나라, 거기에 30,000개가 넘는 모텔들. 아아, 자랑스럽지 않은 내 나라.

서울에서 설악산 가는 길·모텔이 많은 길·그 모텔에서 내집 사람들, 내 딸들·무슨 일들이 있었을까?

참꽃마리/노린재 ▶ 꽃보다 예쁜 속잔치. 꽃 이름, 벌레 이름, 중요하지 않다. 그냥 예쁘다.

평양에서 묘향산 가는 길 • 모텔이 없는 길 • 모텔이 많은 나라, 없는 나라 • 어떤 나라가 좋은 나라일까?

개감채 ▶ 높은 산 암석지대에 사는 다년초. 수술은 여섯 개. 열매는 갈색 삭과.

풍경사진을 찍는다고 기다리다가 주위에
귀하고 이쁜 꽃을 만나서 가슴 울렁이고
그 꽃을 찍어 볼 마음이 생기지 않는다면
그는 감정을 거세당해버렸던가, 몸 속에
타고난 예술세포가 없는 사람이 분명하다.

일반 풍경사진은 찍은 자리가 조금쯤
다르거나 조리개치가 한두 단계 달라도
비슷한 사진이 될 수도 있다. 그래서
덩달이 신작로포수도 옆에서 저도 모르게
장님 문고리 잡듯 어쩌다 비슷한 사진을
얻을 수도 있다. 사진의 우연성이기도 하다.

그러나 근접촬영은 일반 풍경사진보다
약간의 잔재주가 필요하다. 쉽지않다.
그 재주를 익히는 데는 타고난 재능이
있는 사람일지라도 다양한 사진 학습과
많은 시간의 훈련이 필요할 것이다.

이 사진은 개감채와 렌즈와의 거리가
3cm만 더 가까웠어도 힘이 있을 뻔 했다.
그 짧은 거리가 사진에 영향을 줄 수 있다.

고산화원 전체가 안개로 꽉 쩔어있다.
온 산을 날려 버릴듯이 바람질이 모질다.
청석봉에 도착한 시간은 새벽 세 시.
사방이 깜깜한데 별도 찾을 수 없어
방향조차 감지되지 않는다. 뼛 속까지.
차고 습한 바람이 온몸을 휘감는다.

북경시간은 동경 표준시보다 한 시간 늦고
하지가 막 지났으니 조금 후면 여명이다.
별이 총총한 날보다 이런 악천후 속에서
더 극적인 사진을 만들 수도 있어 긴장한다.
산과의 투쟁에서 내가 이기려 함이 아니다.
스스로를 극복해내야 사진이 되기 때문이다.

해가 세 발이나 올라왔을텐데, 어둑하고
안개와 바람질은 여전하다. 틀렸다. 안 된다.
오늘도 그냥 빈손으로 산을 내려온다.
사진은 못 찍었지만 기분좋게 지친 몸으로

산 아래에는 안개도 바람도 없다.
백운봉산장 옆 漂流場쪽에 전부터
눈여겨 보아두었던 물매화를 찾아갔다.

물매화 ▶ 포토샵은 가슴을 답답하게 한다. 요강뚜껑으로 물 떠먹은듯하다.

이질풀 ▶ 사진에만도 15등신, 8등신의 배나 된다.

나는 산에 가서 사진을 찍는다.
나는 사진이나 찍자고 산에 가지 않는다.

가끔씩 꽃을 찍지만 아직은 산이 먼저다.
그래도 산을 오르면서 길녘이나 풀섶을
주의깊게 살피고 또 어떤 때는 가던 길을
멈추고 꽃사진에 열중하기도 한다.

그러다 보면 산을 찍어야 할 시간을
놓치고 마는 때도 이제는 가끔씩 있다.
산은 며칠을 다녀도 허탕칠 때가 있지만
꽃은 종일 다니면 한두번쯤은 찍는다.

소천지 넘어 용문봉 비탈을 오르다가
이질풀을 만났다. 팔등신을 훨씬 넘어선
늘씬한 미인이 팔을 벌리고 나를 맞는다.
용문봉까지 가려면 멀고 힘들고 또
간다고 사진을 꼭 찍는다는 보장도 없다.
가던 길을 멈추고 이질풀을 찍었다.

용문봉 갔더라면 어떤 사진을 찍었을까.
찜찜하다. 내일은 비가 쏟아져도 용문봉 간다.

나, 열여섯부터 사진을 배워 오늘까지
사진말고 다른 길은 생각도 못해봤다.
언제나 최선을 다했고 신나게 살아왔다.
그런데 가끔씩 인생이 허전할 때가 있다.
형모에게 대물림 못해준 아쉬움 때문이다.
애기 때부터 그에게 사진을 가르쳤더라면
지금은 나를 뛰어넘어 저 앞에 가고 있을텐데,
내 나라의 사진문화 발전에 큰 몫을 할텐데.

이제는 남에게 들려주기 위한 음악을 넘어
무대에서 스스로의 소리를 즐기는 그에게
山寫眞대신 전공을 살려 소리를 영상화하는
소리의 사진쟁이가 되라고 해도 안 될듯 하다.

安亨模. 너의 운명은 산이 아니라 음악이다.
이제 너는 너의 가락으로 백성들을 휘몰아
꿈결처럼 하늘을 넘나들며 춤추는 그날까지
한 길로만 가거라. 너의 길은 하늘이 주신 길
天命이니 하늘의 뜻을 따라 최선을 다하라.

그리고 너의 인생이 나처럼 허전하지 않도록
너의 음악을 대물림 하라. 나의 바램이다.

바늘꽃 ▶ 安亨模. 너의 길은 天命이다.

쥐토끼 ▶ 일 주일쯤 후에는

가끔씩 우리 캠프에 와서 쌀 몇 알이나
멸치를 한두 마리씩 업어가는 그들 부부를
나는 도둑놈들이라고 쫓아내지 않았다.
그래서 그들과는 금세 친해질 수 있었다.
쥐같기도 토끼같기도 해서 쥐토끼다.
조선에서는 우는토끼라고도 하며
천연기념물 364호로 보호하고 있다.

처음에는 중형카메라 셔터 소리에
깜짝깜짝 놀라더니 일주일쯤 지나니까
경계를 풀고 또 일주일쯤 후에는 나를 위해
아주 예쁜 포즈까지 취해 주더라구요.
정말입니다. 거짓말 아닙니다. 백운봉에
가서 물어보세요. 그들이 말할 겁니다.
그 아저씨 아주 좋은 사람이라구요.

아무도 없는 산 꼭대기에서
한 달쯤 그들과 이웃해서 살다보면
서로 마음이 통할 수 밖에 없을 것이다.
그들과 마음이 통하는 걸 보면
내 영혼은 아직 완전히 더럽혀지거나
형편없이 망가져 버리지는 않은 거 같다.

쥐토끼 ▶ 예쁜 포즈까지 취해 주더라구요.

분홍바늘꽃 ▶ 키가 나보다 커서 안의호 동무 어깨 밟고 나무 위에 올라가 가지 틈새로 찍었다.

분홍바늘꽃/표범나비 ▶ 그들의 삶에 경의를 표하러 가보자.

평생을 산에서 살아온 지훈구 동무는
초모랑마 등반에 대장질까지 했었는데
진달래와 철쭉을 구별 못 하고 헤맨다.
작년 봄엔가? 함께 도봉산엘 갔었다.
나 사진 찍는 거 도운다고 함께 갔는데
"형, 저 싸리꽃은 안 찍어요?"

조팝나무 꽃도 싸리꽃도 모르면서
뭐땀시 산에는 수십 년씩 다녔다냐?
봄이 왔다고 온 세상을 하얗게 덮어주는
그 이쁜 꽃들에게 이름 한번 안 물어보고
어따가 한눈 팔고 뭐하러 산엘 다녔다냐?

산에 목숨 걸어야 잘났는 줄 알고
암벽으로, 빙벽으로, 정신 팔고 다닌 세월.
이제는 접어두고 나랑 고산화원에 가보자.
분홍바늘꽃과 표범나비, 산네발나비들의
삶이 얼마나 아름다운지 얼마나 위대한지
그들의 삶에 경의를 표하러 가보자.

같은 고령산악회 회원이면서 삼십여 년을
나만 좋은 데 다녀서 미안하다. 훈구야.

분홍바늘꽃/산네발나비 ▶ 그들의 삶에 경의를 표하러 가보자.

박새 군락 ▶ 100,000,000송이의 몇 배나될까? 박새 꽃들.

당신은 은밀한 꽃내음 묻혀오는 바람의
소리에 귀를 도사려 들어 본 적이 있는가.
바삭이는 갈잎을 흔들며 지나온 바람소리
솔가지 애어린잎 사이를 지나온 바람소리.

당신은 바람의 내음을 받아본 적이 있는가.
천만 송이 박새를 안고 온 바람의 향기를

폭설처럼 피어져 내려온 저 꽃들이
바람의 노래를 타고 어떻게 춤을 추는지
당신에게 한번 만이라도 보여 주고 싶다.
바람으로 일렁이는 그들의 춤사위를
꼭 한번만이라도 보여주고 싶다.

빛으로 바람으로
고산화원의 風光은 그렇게 피어난다.

아주 이른 봄 박새꽃이 새순을 돋울 때는
삶의 힘을 얻을 만큼 강한 느낌을 받는다.
한여름, 어른의 키만큼이나 커지면서
원추꽃차례를 이루어 상아색의 꽃이
고산화원 전체를 덮어버린다. 여름이다.

박새/하늘소 ▶ 한번쯤 귀를 도사려 보세요.

불로초 ▶ 옆으로 쓰러져 말라비틀어진 놈은 작년에 나왔던 놈. 쓰러진 놈을 조금 세워 놓고 찍었음.

덤불오리나무 뿌리에 기생하며 첫해에는 근류 모양으로 자라고, 이듬해에 지름 1∼2cm 정도의 울퉁불퉁한 황백색 괴경으로 자라며 3년째에 괴경으로부터 1∼3개의 지상경이 땅 위로 나온다. 지상경은 원주형으로 화서와 더불어 높이 15∼45cm, 지름 1.5∼2cm의 육질이며 자갈색을 띠고, 잎은 인편엽으로 삼각형이며 길이 3∼10mm이고, 둔두이며 황색이고 지상경 기부에 다닥다닥 붙으나 중상부에는 드문드문 어긋난다. 꽃은 여름에 수상화서로 핀다. 포는 2개의 난형이며 하관은 순형으로 통부는 단지 모양이고 상순은 하순보다 길고 둥근 투구꼴이다. 수술은 4개이나 2강이다. 자방은 상위이고 주두는 2가닥이며 암술대는 수술대와 더불어 화관 하순 밖으로 나온다. …어쩌구 저쩌구….

어느 출판사의 백두산야생식물이란 책은
누구를 위한 설명인지 도무지 알 수가 없다.
너무 어려워 뭐가 뭔 소린지 통 알 수가 없다.
오리나무더부살이를 설명하려 한듯한데
들에도 한번 안 나가본 책상물림 선비님들이
일본 古書를 옮겨놓은 듯 하다. 답답하다.

진시황의 童男童女 삼천 명 원정탐사대도
찾아내지 못했던 영험한 약초라는 불노초
약초꾼의 망태기에서 그놈을 처음 보고
사진이 찍고 싶어 몇 개 사서 숲으로 갔다.
잔머리를 굴려 약초꾼의 고증까지 받아가며
오리나무숲을 찾아서 그 근처에 심었다.
사진을 찍으면서도 마음이 께름직하더니
결과는 개대가리 뿔난듯 어딘가 어색했다.

몇해 지나서 엉성한 불로초 군락을 찾았다.
몇개쯤 조형적으로 옮겨 심어 놓고 찍었다.
분위기는 그럴듯 했지만 또 이상했다.

“심 봤다아 —!”
5호 경계비에서 수림한계선으로
능선을 따라 내려오던 길에 완벽한
모양으로 모여 살고 있는 불로초들을 찾았다.
심마니가 산삼을 캐내듯 조심스레 찍었다.
꽃을 한두 송이 꺾어서 찍는 것은 가능해도
전체 식생을 인위적으로 옮긴다는 것은
역시 불가능하다는 걸 늦게야 깨달았다.
자연의 연출은 인간의 몫이 아님을 알았다.

두메분취 ▶ 꽃사진작가 선생님들, 이런 사진 찍고 싶으면 500미리 렌즈 하나쯤 가지고 다니세요,

사진을 한다는 것은
찾아내는 일이다. 찾아 다니는 일이다
꽃들을 찾아다닌다. 아름다움을 찾아다닌다
그렇게 어렵사리 꽃을 한 송이 찾아내면
또다시 카메라와 피사체와의 각도와
거리를 정확하게 찾아내야 한다

이제는 빛이 오는 시간을 찾아낼 차례다.
아침햇살의 찬란함인가 저녁의 부드러움인가
어떤 때는 한낮의 직사광이 좋을 때도 있다.
순광인가 역광인가 측광인가가 중요하다.

그 모든 조건은 꽃들마다 다를 수 있다
제각기 다른 꽃들의 개성을 찾아주려면
그때 그때 새롭게 모든 걸 찾아내야 한다
그래서 사진하는 일은 언제나 즐겁고 새롭다

왜지치는 해발 2000m 오십령에서 찾았다
두 시간쯤 기다려 빛이 오는 각도를 찾아냈다
배경도 조리개치도 적당하게 찾아냈다
얼굴만 찍으려다 늘씬한 키가 너무 좋아서
고정시켰던 카메라를 20cm 쯤 뒤로 물렸다.

왜지치 ▶ 오십령은 장백산맥을 넘고 백두산은 장백산맥의 주봉이다.

구절초 ▶ 펜탁스 6×4.5 300미리의 성능을 최대한 이용. 음력 9월 9일에 꺾어 월경불순, 생리통, 불임증 약으로 쓴다고?

내가 대학 다닐 때니까 좀 오래전이다.
소백산 등반중에 연화봉 근처 주목숲에서
붉고 탐스런 꽃들의 무리를 만났다.
이제 막 근접촬영에 관심을 가지고
부로니카에 접사링을 달아 폼잡고 다닐 때다.
무슨 꽃일까? 궁금해서 사진 한 장 찍고
하산길에 몇 송이 꺾어가지고 내려왔다.
환경이니 생태계니 하는 배부른 소리
아직 잘 모르던 시절, 자연보호라는 말도
아직 귀설게 들리던 그런 때였다.

약초 캐는 아저씨를 만나 이름을 물었다.
"그거 개불알꽃이여."
들고보니 그 닮은 모양에 웃음이 나왔다.

그런데 언제부터인가 책에서 보니까
그 개불알꽃을 복주머니란이라고 했다.
일본 콤플렉스 때문에 그랬는가?
누군가가 멋대로 창씨개명을 해버린 거다.
그 재미있는 이름을 억지로 바꾸어버렸다.

며느리밑씻개는 또 뭐라구 바꿔야 하나.

개불알꽃 ▶ 나중에 진짜 개불알 한번 자세히 보세요.

서백두 왕지 ▶ 왕지 주변에 잡초는 하나도 없다 모두가 왕지의 주인이다. 우리는 고산화원의 주인이다.

이 세상에 雜草가 어디 있답니까?
어느 식물이던 제 나름대로의 삶이 있고
살아가는 아름다운 의미가 있는 건데,
그런데 과수원 주인은 과일나무 아래의
모든 식물들을 잡초라고 제초제를 뿌린다.
배추농사 짓는 농부는 제 배추 살찌라고
다른 식물들을 모두 뽑아 죽여 버린다.
그에게 배추 외에는 모두 잡초일 테니까
그 땅의 주인이니까 그의 맘대로니까.

고산화원에는 잡초가 하나도 없다.
어느 꽃이나 모두가 그 땅의 주인이다.
어느 누구에게도 재배되지 않고
스스로가 제 힘으로 열심히 살아가니까.

한계령풀, 그리고 왕지 주위의 모든 풀들은
고산화원의 당당한 주인으로 살아간다.
어느 누구도 그들을 마구 대하고 귀찮고
필요없는 풀이라고 잡초라 하면 안 된다.

그런데 우리가 사는 인간 세상에는
가끔씩 잡놈들이 있는 것 같다.

한계령풀 ▶ 당신 고향은 강원도인데 왜 고산화원에 와 있지?

백두산 ▶ 고산화원 서파의 가을은 9월 초부터 착색된다.

산괴불나무 ▶ 그래서 숲은 또 외롭지 않고 활기차다.

까치밥나무 ▶ 과소비 않고 아끼니까 봄까지도 충분하다.

가을 잎들은 봄, 여름 제 할 일 다 하고
낙엽되어 어디론가 떠나버려 산은 시리고
아직 따뜻한 눈은 오지 않아 고산화원은
가을의 찬란한 빛깔을 잃어갈 즈음.
가을과 겨울 사이의 을씨년스러움으로
서글퍼지는 때에 열매가 주렁진다.
그래서 숲은 또 외롭지 않고 활기차다.
잎이 없는 숲에 열매들은 더욱 반짝인다.
새짐승, 들짐승들 눈에 잘 뜨이라고
빨갛게 노랗게 보석으로 빛내어 유혹한다.

산괴불나무, 까치밥나무 그 맛있는 열매들.
곰, 멧돼지, 까치, 노루, 꿩, 다람쥐.
과소비 않고 아끼니까 봄까지도 충분하다.
그들은 하늘이 먹이를 주시는 뜻을 안다.
멀리 멀리 씨를 퍼뜨려 달라는
열매들의 소망도 잘 안다. 욕심 없다.

그런데 나,
더 이상 가질 꺼, 바랄 꺼 없는데 욕심이다.
그 철없는 욕심을 버리고 나서 짐 가벼워야
맑은 사진을 찍을 수 있다는 걸 알면서.

각시제비꽃 간도제비꽃 갑산제비꽃 고깔제비꽃 광릉제비꽃 구름제비꽃 구름털제비꽃 금강산제비꽃 금강제비꽃 긴잎제비꽃 낚시제비꽃 남산제비꽃 넓은잎제비꽃 넓은제비꽃 노랑제비꽃 노랑털제비꽃 단풍제비꽃 둥근잎제비꽃 둥근털제비꽃 들제비꽃 머우제비꽃 뫼제비꽃 민둥뫼제비꽃 민둥제비꽃 민졸방제비꽃 벌레잡이제비꽃 사향제비꽃 산제비꽃 삼색제비꽃 서울제비꽃 선제비꽃 섬제비꽃 성긴털제비꽃 실제비꽃 아욱제비꽃 알록제비꽃 애기금강제비꽃 애기낚시제비꽃 얇은잎제비꽃 얇은제비꽃 여뀌잎제비꽃 엷은잎제비꽃 왕제비꽃 왜제비꽃 왜졸방제비꽃 이시도야제비꽃 자주잎제비꽃 작은제비꽃 잔털제비꽃 장백제비꽃 제비꽃 졸방제비꽃 줄민둥뫼제비꽃 참졸방제비꽃 청알록제비꽃 콩제비꽃 큰노랑제비꽃 큰제비꽃 큰졸방제비꽃 태백산제비꽃 태백제비꽃 털긴잎제비꽃 털노랑제비꽃 털대제비꽃 털잡이제비꽃 털제비꽃 호제비꽃 화엄제비꽃 흰갑산제비꽃 흰고깔제비꽃 흰낚시제비꽃 흰애기낚시제비꽃 흰애기제비꽃 흰젖제비꽃 흰제비꽃 흰털제비꽃

김완규 동무의 파일에 정리된 것만 80여 종이다. 우리는 이 많은 제비꽃을 모두 알려고 애쓰지 말자. 고산화원에는 제비꽃 말고 다른 꽃도 수천 종이다. 아름다움을 느끼면 된다. 우리는 분류학자가 아니다. "어이, 제비꽃 동무들." 그렇게 부르면 모두들 제가 제비꽃이라고 대답할 테니까.

이시도야제비꽃 ▶ 앉은뱅이꽃, 오랑캐꽃이라고도 한다.

제비꽃 ▶ 작년에 씨를 튕겨보낸 흔적이 더 이쁘다.

남한산성 가는 길, 울엄마 무덤가에는
할미꽃대신으로 제비꽃이 피어난다.
제일 이쁜 진짜 제비꽃이 수백 송이나 피어난다.

외아들하고 혼인해서 애를 여섯이나 낳고
세탁기, 냉장고도 없던 시절. 열 식구 살림하며
언제나 씩씩하던 우리 엄마는 철혈여인이다.
그 여인은 무슨 꽃을 좋아하며 살았을까.
나는 이제 알았다. 제비꽃이 틀림없다.
내년에도 엄마 무덤에는 제비꽃이 필 거니까.

나는 고산화원에 제비꽃 피면 엄마 보고 싶다.
나는 엄마, 아버지 제삿날에도 산에 산다.
나는 추석날, 설날, 크리스마스도 산에 산다.
나는 내 생일에도 형제들 생일에도 산에 산다.
나는 죽어서도 산에 산다. 산에 산다.

나는 동생 다섯이 어디 사는 지도 모른다.
나는 엄마, 아버지, 동생들을 사랑한다.
나는 한번도 곁눈질을 해본 적 없다.
나는 그래서 떳떳하다. 부끄럽지 않다.
나는 앞으로도 이대로 살 것이다.

댕댕이덩굴 ▶ 실물크기로 확대했음.

댕댕이는 뭔 뜻인가. 어느 사전에서도 못 찾겠다.
그 잘난 컴퓨터에게 물어도 모른다.
뜻은 잘 몰라도 우리말 이름인듯하긴 하다.
무궁화는 중국말 이름이고 붓꽃은 우리 이름이다.
앵초는 중국말 이름이고 민들레는 우리 이름이다.
오미자는 중국말 이름이고 꿀풀은 우리 이름이다.
大韓民國도 高山花園도 中國語 이름이지만
서울은 우리말이다. 漢字로 首尔이다.

한성을 서울로 바꾸어 중국에 통보한 전직시장.
버스전용차선제보다 청계천동물제거작업보다
더 멋진 일을 해낸 이명박 동지가 出馬한대서
나는 걱정이다. 당선돼서 바보될까 걱정이다.

나는 사진밖에 모른다. 정치는 알지 못한다.
그래서 평생 투표 한번 못해봤지만
대통령질 하기가 사진찍기보다 어려운가 보다.
그짓하다가 빵에 가고 총맞아 죽고 그러는 거 보니까.

들쭉나무 열매 ▶ 실물크기의 질량 좋은 열매.

평양 대동강에 양각도라는 섬이 있다.
거기 30층짜리 멋진 호텔이 있고,
맨꼭대기에 빙 돌아가는 식당이 있다.
육삼빌딩이나 남산타워도 못 가본 내가
그렇게 호사스런 스카이라운지에서
마음 편하게 술을 한 잔 했던 적이 있다.

그 황홀한 맛의 빛깔 고운 들쭉술.
백두산 들쭉으로 빚은 술이라 했다.
아주 많이 취하도록 잔뜩 마셨다.
우리들 사진쟁이들끼리는 한마음으로
벌써 통일이 된 거나 마찬가지라고
아주 큰 소리로 떠들어대면서 마셨다.
박훈규는 미국 있는 성근이에게 전화치는데
나는 왜 서울의 형모에게 전화 못 치냐고.
조선촬영가 동무들에게 주정도 했다.

평양가서 다시 한번 취하고 싶다. 들쭉술.

남백두 가을 풍광 ▶ 景致라는 말은 틀린다. 자연의 아름다움은 빛과 바람이 빚어낸다. 風光이다.

꽃이 지는 것은 허망함이 아니다.
화려했던 젊은날의 힘차게 퍼덕이던
날개를 접고 씨를 퍼뜨리는 보람이다.

새싹을 키워내던 희망도
꽃을 피우던 아름다운 시절도
사랑을 나누고 씨를 맺었던 기쁨도
모두모두 바람에 날려보내 버리고
마른 풀잎들은 흉하게 버려진 게 아니다.
쓸쓸한 가을이기보다 풍요로운 가을이다.

사진은 느낌을 찍어 표현하는 것이다.
나는 씨앗을 모두 날려보내고 이제는
꺾여져서도 당당하게 대지 위에 서 있는
자그마한 마른 풀대에서 보잘 것 없다는
생각을 하면 안 된다고 생각했다.
그의 위대한 생애가 내년의 고산화원을
아름답고 풍요롭게 해줄 것이다.

나는 누구인가? 나는 어떻게 살아왔는가?
한 포기의 풀만큼이나 열심히 살아왔는가?
얼마나 멋진 씨앗을 세상에 남길 수 있는가.

노루삼 ▶ 꺾여서도 당당한 모습.

백두산 가을 풍광 ▶ 고산화원에 첫눈이 왔다. 숫눈을 헤치고 나는 오늘 또 산으로 간다.

백두산 가는 길 ▶ 내 인생 끝날 때까지 가야 할 길.

백두산 가는 길.
참, 다니기두 많이 다녔다.
백번쯤 드나들었을까?
그 만큼은 훨씬 더 되겠지.

백두산 가는 길.
오르내리며 참 별일도 많았다.
간첩이라고 잡혀가기도 했었고,
중국 사람 동무들도 많이 사귀었다.

백두산 가는 길.
이 길은 내가 가야할 길.
내 인생 끝날 때까지 가야 할 길.
이 길처럼 바르게 곧바로 나는 간다.

백두산 가는 길.
이 길 어디선가 삶이 끝나면
나는 얼마나 좋을까.

백두산 가는 길.
하늘로 가는 길.
내가 살고 간 흔적이 남을 길.

그렇다. 쓰러지지 않는다.
씨앗들을 멀리멀리 하늘너머 낯선 땅
저 끝까지 남김없이 떠나 보내는 날까지
부러지거나 쓰러지면 안 된다.
그 가녀린 가지로 광풍을 견디는 괴력은
우리네 어머니의 마음과 한가지다.

나 이제야 겨우
사진이 무엇인가를 조금 알 것 같다.
왜 사진을 하는가도 어렴풋이 알게 되었다.
아주 어릴 때부터 누구의 가르침도 없이
수많은 착오와 오류를 범하며 나혼자
지름길을 두고 먼길을 외둘러서 힘겹게
이제사 여기까지밖에 올 수가 없었다.

그래서 어렵사리 얻어낸 몇 알의 씨앗을
바람에 날려보내 이 땅 어딘가에 뿌리를 내려서
야들야들한 애기잎이 돋아나고 넓게 가지를 치고
내가 볼 수 없는 훗날에라도 아주 큰 나무로
자랄 수 있다면, 그를 위해서라면 이제 나에게
얼마 남지 않은 삶의 모두를 바칠 수 있다.
나는 모진 바람을 더 견디어낼 수 있다.

산씀바귀 ▶ 나 이제야 겨우 사진이 무엇인가를 조금 알 것 같다.

2006년 10월, 눈 덮인 백운봉에서
고철기, 안의호 동무와 살면서 장군봉으로
해가 떠오르는 큰 사진을 찍으려 했지만
바라던 사진을 찍지는 못했다.
그 대신에 장군봉에서 뜨는 해를 바라보며
나는 격렬한 태양에너지를 충전받았다.
나는 새로운 희망으로 산을 내려왔다.

내가 살아온 길을 되돌아본다.
척박한 이 나라에서 사진을 천직으로 살았다.
사진 보리고개에서도 그 좌절의 시간들을
사진을 해야 한다는 의지 하나로 버티어냈다.
예술대학이라는 데에서도 갈팡질팡 헤매고
내가 가야 할 길을 알아낼 방법이 없었다.
그래서 나 혼자 앞만 보고 열심히 달려왔다.

이제는 여태까지 한 길로만 달려오며 느낀
많은 생각들과 그 동안의 경험을 바탕으로
나는 새로운 일들을 계획할 것이다.
처음 시작하는 마음으로 새롭게 공부하고
내 삶의 반환점을 돌아 다시 뛸 것이다.
산길은 가파르겠지만 나는 다시 뛸 것이다.

산용담 ▶ 나는 새로운 일들을 계획할 것이다.

백두산은 고산화원이다